FLORET
READING

小花阅读

我们只写有爱的故事

青春阅读　幸得相见

大鱼

有爱的青春陪伴者

奔向他的甜蜜心事

九歌 / 著

百花洲文艺出版社
BAIHUAZHOU LITERATURE AND ART PRESS
战略合作伙伴

·作者简介·

九歌

| 小 花 阅·读 签 约 作 者 |

慢热，严重拖延症，间歇性抽风症患者。
时而文艺小清新，时而重口味接地气。
放荡不羁爱撸发簪的汉服同袍、资深吃货。
深度中二热血少女，热衷于写打打杀杀大场面，然而总被提醒，你在写言情。

伙伴昵称：九妹、999

代表作：《彼时花胜雪》《请你守护我》《三千蔬菜入梦来》《与君共乘风》

/ 作者前言 /

致我们的十七岁

纠结着纠结着，这篇稿子终于写完了。

在此，只有一个想法，青春文真的很难写啊很难写。

在真正动手写这个故事之前我的内心其实抱有很大的期待，只是万万没想到，我待青春文如初恋，青春文虐我千百遍。

所幸，现在终于完稿了。

这个故事里其实有很多地方都取材于现实生活，很多事都是我的亲身经历。

譬如靠《九州志》度过的青春，譬如异想天开想创建一个属于自己的世界，只不过呢，那个创始人并非我，而是另有其人。

譬如说，在高二学业水平测试前生了一场病，只能休学在家待着，不同的是，我没有那么大的勇气和毅力选择让自己的高二重来一遍，而是直接去参加了成人高考。

未能参加一次真正的高考，也算一大遗憾吧。

那些事距离现在已经很遥远，永远定格在了我 17 岁那年。

现实世界里的情节也与这故事中的剧情完全颠倒，先是生病，才有了后来的一伙人共同创建一个世界。

犹记得那时候我们每个人都抱着极大的热情，我整夜整夜地想剧情，想到夜里失了眠仍在继续，可纵然如此，我却是那群人中第一个选择退出的，此后便与那群人断了联系，直到很久很久以后，才从我的一个朋友那里得知，我所写的那片大陆已经被设定沉入了海底，而他们也确如当初所预想的那样，将这个世界挂在了一个并不起眼的门户网站里，只是，如今已没有人再继续写下去，而让我们聚在一起的《九州志》也早已停刊。

可即便是现在再回想起，也仍有所感叹。

我不知道正在看这本书的你们的青春是什么，而生于1994年的我的青春则大致如这本书中所描写。

我的青春便是上不完的课，看不完的课外书，和同桌说不完的悄悄话，以及那些喜欢却又说不出口的暗恋。

最后的最后，希望大家能够喜欢这个故事。

九歌

青 春 时 代 | 纯 美 校 园 | 有 你 非 常 甜

小花阅读【初恋有点甜】系列介绍

FLORET
READING

《喂，给你我的小心心》

子非鱼 著

小透明作者 & 小说里的霸道男主 |
鸡飞狗跳的同居爱情

内容简读：

苏檬是个沉迷玛丽苏的小透明作者。某天，她小说里的霸道总裁慕司琛突然掉进了她家，对她各种使唤，于是苏檬开启了暗戳戳改设定的道路……

妖孽？

“檬檬……”慕司琛尾音婉转流连，迈着优雅的猫步走过来，在离她一步远的地方停住，伸手就开始宽衣解带。

冷酷？

慕司琛一个一个扣上自己衬衣的纽扣，眸中满是冷冽的光：“我会对你负责的，但前提是，你要做好你的分内之事，否则你就滚出我家！”

可爱？

他一双泛着水色的眼睛眨呀眨，嘟着嘴巴，双手食指指尖对了几下，萌得人心都化了，像个……大龄智障儿童。

Excuse me？

算了，不改了不改了……总归是自己写出来的男主啊……

《嘿！今天也请全力以赴》▼

南风北至 著

啦啦队赛场上的张扬青春 | 高燃竞技 | 高甜初恋

内容简读：

也许你拥有的是和丁若莹一样卑微的青春，要将自己全身心扎进书堆里，去改变残破的命运。

也许你是陆晓嫦，人前是令人艳羡的高傲公主，人后是故作强大的孤孤单单的游魂。

又或许你是萧林疏和时杳杳，想被一个人看见，便用尽全力证明自己，固执坚强，不达目的誓不罢休。

我们青春呢，大概就是这个样子吧。在不具备喜欢一个人的条件时义无反顾，在不具备抵达成功的实力时不遗余力，直到终于成为足以与你并肩的自己。

嘿，亲爱的姑娘，今天也要全力以赴呀。

《奔向他的甜蜜心事》▼

九歌 著

蜜语攻势 + 卖萌耍贱 + 死皮赖脸 = 搞定我的小青梅

内容简读：

在学校的日子，有点闷，有点燥，连绵不绝的蝉鸣声混在激昂的国歌中都显喧闹。

所有同学都知道，暮瑟的身边，有一个强大的青梅竹马小跟班。

清晨他们一起坐车上学，中午他顶着烈日给她送饭，放学带来冰镇酸奶水果，时不时翻墙跑来看看她，有时呼朋唤友，扛着大桶的冰矿泉水和凉茶，替暮瑟班级忙上忙下……

苏峦青这个名字，贯穿了她青春里的每一天。他处处罩着她，处处宠着她，处处护着她。全学校的人都抓着他俩不放：“你们是在谈恋爱吧？！”

年少时的心事是那么简单，不过是一个人想以种种借口，一点一点靠近另一个人罢了。

这些别扭而又明目张胆的举动都在为藏不住的喜欢做无声的宣告。

他的好和着夏日里微醺的阳光，“嘭”地晒进她的心房。原来呀，有些人一旦沾上了便再也戒不掉。

目录

CONTENTS

第一章

漫画里的美少年 ▼

校园商店里破旧的一角，
仿佛从少女漫中穿越而
出的少年微微笑。

01. 划分界限的座椅，下课就靠在一起，我就是离不开你。

八月的天，有点闷，有点燥，连绵不绝的蝉鸣声混在激昂的国歌中都显喧闹。

暮瑟在想，这些蝉难道就不怕晒，怎么就这么能吵？

五星红旗缓缓飘起，国歌骤停，秃了半颗脑袋的校长西装笔挺，拿着不断破音的话筒在进行开学演讲。

被烈日晒了足足一个半小时的暮瑟又在想，为什么每个学校的校长普通话都不好，偏偏又都爱演讲？

没有人能回答她的问题，她却一遍又一遍地在心中发着牢骚。

校长演讲完毕，又换副校长上。

暮瑟脸上的汗不停地往下淌，厚重军训装里的小背心早就吸满了汗，湿答答地贴在背上。

于是，暮瑟又默默在心中想，这种苦日子究竟什么时候才是个头呀？

也不知是不是晒太久了的缘故，副校长那颗光溜溜的脑袋莫名其妙就变成了两个，还不停地在暮瑟眼前晃啊晃。

她觉得自己脑袋突然变得很重，脖子都快顶不住似的，可副校长两颗光脑袋为什么还要在她眼前晃？

她眼睛里看到的东西也越来越花，副校长的脑袋从两个变成三个，再从三个变成四个，然后，她便再也支撑不住地往后栽。

耳畔响起一阵阵惊呼声。

班主任在说话："扶着她，她中暑了。"

好痛！又是谁在用指甲扎她的人中？

她的意识有些模糊，却又能清楚地感觉到，自己被人打横抱起了。

会是谁呢?

身上并没有难闻的汗臭，动作也很轻柔。

暮瑟勉强睁了睁眼，拉开一条缝。她的眼睛尚未完全聚焦，却比刚才看得清晰不少，她看到了一个线条流畅的下颌角，不急不缓，将脸颊与下巴的交接处过渡得十分精巧，就像漫画里的那些美少年一样。

所以，这个人究竟是谁呢?

她现在很无聊，突然好想知道。

像是听到了她心中的低唤，那下颌角的主人突然低头看了她一眼。

只消一眼，暮瑟便认出了是谁——

宋之若。

她又在心中轻轻念了一遍这个名字。

宋之若。

简简单单的三个字，却像夹了蜜糖一样的甜。

这是她与他的第一次亲密接触，从前的她从来都只能远远地望着，然后，不停地在心中感叹着：世上怎么会有这么温柔的人?

他是真的很招人喜欢呀。

说话永远都是那副不急不躁的模样，就像山涧缓缓流淌过的泉，他的脸上永远都挂着清清浅浅的笑，仿佛永远都没烦恼，笑起来的模样更是好看得不得了，好似沉寂了一个冬天的花都在那一瞬间全都盛开了。

暮瑟又莫名其妙地开始紧张，不停地胡思乱想。

一会儿想，自己身上流了这么多的汗会不会臭呀？

一会儿又在想，她会不会有点重？腰是不是有点粗？会不会被他嫌弃？

……

她本就晕乎乎的脑袋更加乱成一团糨糊，迷迷糊糊间，她似乎又听见他在说什么。

他到底会说些什么呢？

暮瑟支起耳朵，想听清他究竟在说些什么。

可她的脑袋越来越晕，眼皮也像是被人用胶水黏上了一般。

不行，她要支撑不住了……

暮瑟是被辛辣呛鼻的十滴水强行唤醒的。

也不知道是谁那么蛮横，竟然直接撬开了她的嘴，把十滴水挤进了她的喉咙里。

她被那刺激的味道呛得眼泪水都要流出来了，人倒也瞬间清醒。

很快，她便看清了挤在自己眼前的两张脸，一个是他们年轻的班主任，一个是宋之若。

暮瑟醒来不久，人还有些蒙，捂着喉咙缓了好一会儿才吐出两个完整的字：“谢谢。”

暮瑟既然醒了，宋之若自然也没留下来的必要，用他一贯温柔的语气说了句“我先回去了”，便转身离开。

暮瑟心中有些小小的失落，却又不能开口说，只能看着他的背影越走越远。

医务室里的吊扇吱吱呀呀转不停，暮瑟却感受不到任何凉意，班主任不知从哪儿拿来个小破扇给暮瑟不停地扇着风：“舒服一点没？以后别在军训装里穿那么多衣服了，你出汗太多导致脱水，又给闷到中了暑，现在应该没多大事了，你要是还觉得不舒服，就多躺躺，不用急着归队，我得出去看着他们了。”

暮瑟点点头，班主任又给她扇了好一会儿的风，才走出医务室。

偌大的医务室就剩暮瑟一人。

屋外的阳光可真烈，纵然有钢筋水泥做隔离，她都能感受到那骇人的热度。

她浑身软绵地躺在床上。

也不知究竟是此时的光线太过强烈还是她的视力尚未恢复，窗外白茫茫一片，白到刺眼。

她虚眯了一下眼睛，想扭动脖子转个身。

可就在她转身的前一瞬，白茫茫的窗外突然多出一道人影。

那道人影此时正逆着光，黑乎乎一片，连轮廓都看不清，只留下一抹高高瘦瘦的剪影。

暮瑟眨了眨眼睛，这又会是谁？

这个疑惑才打心中冒出，那抹剪影便这么突然消失了。

暮瑟顺利地翻了个身，准备阖上眼假寐。

紧闭着的医务室门突然被人从外推开，暮瑟再度睁开了眼，这一眼只见穿着军训装的高挑少年与阳光一同走进来。

暮瑟瞪大了眼，半天说不出话来。

少年却提着个塑料袋自顾自走了过来。

“听说你中暑晕倒了。”清冽的嗓音里有着止不住的担忧。

暮瑟无视他的话，依旧见鬼似的瞪着眼睛：“你怎么到我们学校来了？还有，谁跟你说了我中暑的事？”

“我来你们学校看你呀。”与书卷气满满的宋之若不同，少年的整体气质一如他的嗓音，冷冽中带着些许傲，就像一柄即将出鞘的剑，即便是隔着一层鞘，都有寒气隐隐外泄。

说到这里，他又咧嘴笑了笑，一瞬间寒气顿散，无端有种稚童的烂漫。

“至于，中暑的事，你猜呀。”他甚至还像个幼稚鬼似的朝暮瑟眨了眨眼，“猜对有奖哦。”

暮瑟又默默翻了个身，显然是懒得搭理他。

他却不依不饶，提着个装满药和“补品”的塑料袋绕到另一头，再度笑眯眯地望着暮瑟：“我好不容易翻墙爬进来的呢，你就多看我几眼呗。”

说着，他便像个老妈子似的翻起了提在手里的塑料袋：“学校外面的药店东西太少了，十滴水什么的你应该被灌了不少吧？嘴里苦不苦？我带了水和酸奶，还给晒温热了，好像刚喝完十滴水不能吃生冷的东西，水果什么的，你晚些再吃。”

暮瑟这才聚起气，抬起眼帘瞥了他一眼：“你傻不傻！自己不要军训吗？军训期间乱跑不要被罚跑圈？万一班上同学都被你连累一起跑怎么办？还不得恨死你！”她越说声音越大，哪还有半点虚弱的样子。

少年仍是一副死猪不怕开水烫的样，连眼睛都笑成了新月的形状：“所以……瑟瑟你是在关心我吗？”

“我关心你个头！”暮瑟白眼几乎就要翻破天际，“还不是怕你又闯祸，闯祸了你爸妈头一个找的还不得是我。”

暮瑟想想就觉得绝望，她一个正值豆蔻年华的少女，却总像个老妈子似的给眼前这货收拾烂摊子。

少年垂着脑袋一副虚心受教的模样：“是是是，瑟瑟老大说得好，峦青小弟虚心受教。”

暮瑟压根不想和他再说半句话。

少年苏峦青依旧杵在原地，露出狗腿子一般的谄笑：“所以，瑟瑟老大就躺在这里好好休息吧，小弟得翻墙回去了。有事直接打电话，小弟保准第一时间赶到！”

暮瑟实在不知道该以怎样的语言来与这中二少年交谈，像古惑仔电影里的大佬似的挥了挥手：“行行行，快走。”

少年步伐轻快地跑了出去，眼看医务室的门就要被阖上，他又突然探出个脑袋，再度嘱咐一遍：“记得先喝水再喝酸奶，最后再吃水果！”

“知道了。”暮瑟一脸嫌弃地再度挥挥手，心中一角却像突然被阳光照耀到了一般暖洋洋。

02. 冰棒汽水的味道，和那些无所事事一整个夏天的年少。

暮瑟一个人在医务室的床上躺了很久，中暑的同学越来越多，床位很快就不够用了。

来得最早躺得最久的暮瑟同学自然得让位。

她拖着软绵绵的身体晃晃悠悠地往操场上走，尚未走出教学楼的阴影，就已有热气扑面而来。

满身活力的班主任正戴着军帽和同学们一块儿跑圈，远远看见暮瑟来了，连忙撑着伞跑了过去。

“怎么样？感觉身体舒服了点吗？”

暮瑟仍没多少力气，只微微点了点头。

班主任见她小脸依旧白得像张纸，也没叫她归队，把伞交给她，又嘱咐她再待树下歇歇，便再一次跑了。

暮瑟如今所站的位置很高，一眼就能看到自己的班级。她的目光在一片迷彩服中穿梭，最终定格在宋之若身上。

和班上绝大多数晒成包公的同学不同，宋之若的脸依旧算得上白皙，醒目程度不亚于在一堆黑炭中寻找一颗土豆，还是削好了皮，光滑又干净的那种土豆。

一想起土豆，暮瑟才发觉自己肚子有些饿了。

也不知道他们什么时候才能够解散。

这个想法才打心中冒出，操场上便传来一阵阵急促的哨声。

教官们气沉丹田，朗声宣布休息。

本该欣喜若狂的同学们却一个个像霜打蔫了的茄子似的慢慢散开。

暮瑟在等温纯如，她在这个班上第一个认识的女孩子，水嫩软糯得不像话。

如果说宋之若是煤球堆里的一颗削皮土豆，那么温纯如一定是煤球堆里的剥壳水煮蛋，本就好看得不得了，再有一堆煤球做衬托，简直都要成仙了，怪不得总有高年级的学长悄悄跑来看她。

温纯如是个有些小羞涩的温柔女孩，说话的时候总那么轻声细语。

她就像一只随时都有可能受到惊吓的小白兔，每次和她说话，暮瑟都会尽量压低声音，以免吓到她。

暮瑟正思索着中午该和温纯如吃些什么，揣在裤兜里的手机突然响了起来。

电话一接通就传来了苏峦青的声音：“瑟瑟，你们解散了吗？身体好点没？我来找你啦！”

暮瑟吓得几乎就要阖上手机，很是敷衍地回了两个“嗯嗯”，随即又意识到最后一句话是不能用“嗯嗯”来敷衍的，连忙又补了一句：“你别又乱跑呀！我中午有人一起吃了，你不用过来的，真的不用过来的。”

电话那头的苏峦青却像没听到一样：“好的，收到，我马上就到。”

“喂！你……”暮瑟甚至都没来得及说余下的话，电话就已经被挂断。

暮瑟无奈地叹了一口气，好吧，她就知道，不论她说什么，结果都还是一样。

她把手机揣裤口袋里，又从另外一边口袋摸出眼镜。

自打戴上眼镜的那一刻起，暮瑟整个人都有些神经兮兮，不停地东张西望着，像是做贼一样。

温纯如一脸莫名：“暮瑟，你在干什么？”

暮瑟满脸戒备：“防人！”

“啊？”温纯如显然没听懂暮瑟在说什么，想了想，又问，“那我们中午吃什么呢？”

“这个问题……”暮瑟终于有所松懈，托着下巴思索片刻，“要不，我们吃……”

接下来的话犹在舌尖打着转，暮瑟的肩就被人敲了下，那些尚未说出口的话在喉间滚了滚，生生被她咽回肚子里。

苏峦青的脸就这般不期然出现在暮瑟眼前。

暮瑟一愣，先是幽幽叹了口气，再又缓缓摇了摇头。

失策啊！又失策了啊！

苏峦青的出现太过突然。

温纯如显然没搞清状况，加上苏峦青这货不但个子高，还长了一张生人勿近的高冷脸，这么冷不丁杵在温纯如面前，温纯如只觉压力山大，几乎就要被他的气场压得喘不过气来。

她下意识地抓紧了暮瑟的手，想拉着暮瑟一起跑，却被暮瑟反握住，安抚似的在她手背上轻轻拍了拍。

她原本是真紧张害怕得不得了，经暮瑟这么一安抚，顿时就静了下来。

可暮瑟什么也没和她说，她只能在心中胡乱猜想。

“暮瑟，他是你的……”

食堂里很吵很闹，此起彼伏的说笑声和各种嘈杂声汇聚成一团。

明明温纯如的声音那样小，偏偏就让苏峦青听到了。他点头似捣蒜：“对啊，我是，我是。”

暮瑟原本都还没反应过来，见苏峦青的反应，连忙摇头：“什么呀！不是！不是！”

温纯如有点蒙，她都没来得及把接下来的话说出口，他们怎么就都知道她要说什么了。

她突然有些紧张。怎么办？剩下的话还要继续说吗？

她内心复杂，踌躇半晌，终究还是把要说的话给说了出来：“是……你哥哥吗？”

呃……

不停点头和不断摇头的苏峦青与暮瑟同时愣住。

暮瑟礼貌而不失尴尬地回了句：“还真不是。”

苏峦青的脸更黑：“我看上去有那么老吗？”话一说完，他又开始荡漾，被瑟瑟喊哥哥似乎也还挺不错。

温纯如本就觉得苏峦青看上去凶凶的，再被这么一呛，几乎就要挣开暮瑟的手直接落荒而逃。

暮瑟横了苏峦青一眼："你知不知道自己长得很吓人？还这么凶，吓到人家怎么办？"

苏峦青突然委屈，他明明那么帅，怎么就成了长得吓人？

他又居高临下地瞥了温纯如一眼："我凶吗？"

苏峦青这一眼扫来，就好似一把寒光闪闪的飞刀突然扎入她胸口，原本不紧张的温纯如突然又紧张了起来，她捂着突突直跳的小心脏，连忙摇头："不凶，不凶。"

"吓到你了吗？"

温纯如强行压下就要飙出来的泪："没有……没有……"

"这不就得了。"苏峦青两手一摊，望向暮瑟，笑容比那正午的阳光还要璀璨，"我可是很有亲和力的，瑟瑟你又不是不知道。"

暮瑟已经无话可说，白眼翻破天际，只得说："既然来了，就和我们一起吃饭吧。"

温纯如显然还没从刚才的惊吓中缓过神来，一联想到和苏峦青一起吃饭的画面，她就忍不住打了个冷战，连忙摆手："不，不用了吧，我突然想去食堂二楼吃了，你不是不喜欢二楼的菜吗？我一个人去就好啦，你们慢慢吃吧。"

一直暗搓搓以眼神给温纯如这小电灯泡施压的苏峦青甚是欣

慰，这姑娘倒也还挺有眼力见的嘛。

温纯如都已经这么说了，暮瑟也不好再讲什么。

温纯如才走，苏峦青立马就从书包里掏出个以棉麻方巾包裹着的便当盒。

暮瑟挑了挑眉：“你是来给我送饭的？”

“对呀，对呀。”苏峦青又笑成了副傻白甜的模样，“你那么挑食，食堂菜肯定吃不饱的，下午还有那么长的时间，训练项目又这么激烈，不吃饱点又晕倒了该怎么办啊，虽说我们学校离得近，可我也不能每时每刻都翻墙爬过来看你呀。”

原本还嫌苏峦青烦的暮瑟突然之间就怔住了，低头盯着自己的鞋尖，半天说不出话来。

有时候她真不希望苏峦青这么体贴，他越是这样，便越反衬出她的任性她的无理取闹。

苏峦青又趁机揉了揉她的脑袋，一手拿着便当盒，一手握着暮瑟的胳膊：“走吧，小弟带你找微波炉热饭去。”

那天以后，苏峦青几乎每天都给暮瑟送饭。

暮瑟其实不是很明白，明明她每天都会蹭苏家的车来上学，他为什么不在早上的时候就把便当盒交给她，而选择每天中午顶着烈日来给她送饭。

原因很简单，不过是苏峦青想以送饭为借口，每天多见一眼暮瑟罢了。

少年心事谁知道，他们都还太小，不懂表达，便以这种别扭而又折中的方式来叙述。

03. 为你翘课的那一天，教室的那一间。

暮瑟本以为军训会很难熬。

可除了她晕倒的第一天，其余的每一天都很好。

纵然每天中午都会来送饭，苏峦青仍时不时地翻墙跑来看暮瑟。

有时单独给暮瑟带些冰镇酸奶水果，有时呼朋唤友，扛着大桶的冰矿泉水和凉茶，替暮瑟班级忙上忙下。

他本就长相出挑，又这么一天到晚往暮瑟班上跑，长此以往，暮瑟班上的同学全都记住了他那张脸，甚至连暮瑟班上的教官都与他打成一片。

起初，暮瑟多少都有些抗拒，苏峦青为人太过高调，行事风格于她而言也过于招摇。

她幼年便与苏峦青相识，两人可谓是玩着泥巴一同长大的青梅竹马，苏峦青的脾气她又怎么会不知道，可即便是知道，也忍不住像个老妈子似的捏着他耳朵念叨几句。

渐渐地，不管是暮瑟本人还是暮瑟班上的同学，都已完全习惯班上突然多出一号人。

日子就这么不急不缓地流淌着，暮瑟本以为平静会一直维持下去，直至军训的最后一天，她被评为优秀标兵……

不仅仅是班上绝大多数同学，连暮瑟自己都觉意外。

她特意支开温纯如，拿着奖状单独找教官谈：“教官……其实我不是很明白，军训的头一天我就中暑晕倒了，之后的表现似乎也没超出别人多少，我……不太明白，为什么这个奖状会给我。”

与其他拿到优秀标兵而兴奋的同学不同，拿到奖状的那一瞬间，暮瑟只觉忐忑。

她听到掌声听到欢呼声，同时也能听到不屑一顾的议论声，也正因为那些不赞同的声音，她才会从迷茫变成惶恐，变成忐忑，甚至会往别的方向去想。

暮瑟班上的教官是个二十出头的小伙，不比暮瑟大多少。

暮瑟与他谈话的时候，他恰好站在一株月桂树下喝水，被晒成小麦色的肌肤上有汗水在流淌，细碎的阳光穿透树梢，一晃一晃洒在他脸上。

他虽算不上多好看，眉眼却十分英挺，身姿也比寻常男生来得更挺拔，身上散发出一种介于男孩与男人之间的气质，从看见他的第一眼起，暮瑟便觉他像极了住在自己邻家的大哥哥，无端令人安心。

他盯着暮瑟望了好一会儿，终于咧开嘴笑了笑。

许是他的肤色太深，以至于将牙衬托得格外白，故而他的笑容也就非同一般地灿烂。

暮瑟不明白他怎么突然就笑了起来，兀自纳闷着，却很快便听他说：“你觉得自己哪里不好呢？”

暮瑟下意识回了句：“很多呀……”

“譬如？”

“譬如……”暮瑟垂着眼睫仔细想了想，“譬如说，我身体不够好，力气也不够大，各个方面都没比别人更出众。”

教官仍在笑：“那你是怎么理解优秀标兵这个奖的？这个奖就真的和个人身体素质挂钩？和力气挂钩？你的的确确因为身体的缘故在第一天就晕倒了，这恰恰就说明了一个问题，在你身体条件比别人更差的情况下，你仍能坚持下来，仍能与那些身体条件比你好上很多倍的同学维持同一步伐，那么，是不是也正说明，你所付出的比平常人都要多？”

暮瑟突然沉默，教官笑声爽朗地伸手揉了揉她的脑袋：“你是个很努力的小姑娘，多点自信，不要从一开始就否认自己。”

暮瑟是真有些感动，她觉得自己眼眶有点热热的，想张开嘴对教官说些什么，可当她真正将嘴张开的时候，又觉那些话太过矫情，有些难以启齿。她杵在原地踌躇半晌，终究只说出两个字：“谢谢。”

教官提着半瓶矿泉水走了，暮瑟仍站在月桂树下发着呆，蹲在远处数了好久蚂蚁的温纯如终于“耐不住寂寞”，噌噌跑了过来：“瑟瑟，你怎么啦？教官跟你说了什么吗？你怎么看上去一副要哭了的样子啊？”

“啊？有吗？”暮瑟一副大梦初醒的模样，她捏了捏被卷成纸筒的奖状，云淡风轻地一笑，“哈哈，其实没什么啦，就是突然想通了一些事。”

暮瑟其实长得很好看，特别是笑起来的时候，有种沁人心脾的甜，让人看了也忍不住和她一起笑。

温纯如睁大眼睛盯了她好久:“瑟瑟,你笑起来真的很好看哎。”

“哈哈哈……有吗？”暮瑟笑得更开怀了。

“我是说真的呀，真的好甜好甜，看着你笑就会觉得很开心，嗯……大概就是别人经常说的感染力吧，反正，看着你笑，就会忍不住跟着你一起笑呀。所以，你以后可以多笑笑呢。”

“哈哈哈……这样笑吗？”

温纯如一脸无奈：“不是啦，你这是傻笑。”

“嘿嘿嘿……这样？”

温纯如叹了口气：“这是奸笑。”

“桀桀桀桀……那这种笑嘞？”

温纯如这下总算是开窍了：“你这是在逗我玩吧！”

“对呀。”暮瑟笑弯了眼，“这都被你发现了，还不算太傻嘛。你真可爱，逗你可真好玩，哈哈哈……”

军训的最后一天，苏峦青班上解散得早，招呼了一群哥们背着零食翻墙来找暮瑟。

暮瑟学校高一年级的班主任们恰好都在开会，苏峦青便这么大剌剌地背着零食走进暮瑟的教室。

暮瑟一直都在怀疑，自己班上有苏峦青派来的卧底，每次班上有什么大事，或是班主任开会什么的，他都能第一时间知道，若只是一次两次倒还能说是意外，可这些所谓的意外全都凑在一起了，还能被称作意外吗？

显然，就是早有预谋。

暮瑟也曾问过苏峦青这个问题，可他每次都在故弄玄虚，她好气，都不想再在这个问题上继续纠结了。

这次和往常一样，班主任前脚刚走，苏峦青就带着一伙人摸到了暮瑟班上。

从前，操场上人多，苏峦青也都是挑休息的时间来，他四处蹦跶还不算碍眼。现在可不是在操场上，别的班级也都安安静静的，唯独暮瑟班上，自打苏峦青一来，就有不少同学跟着起哄，苏峦青还站在走廊上，就有人不停地掐着嗓子喊：“瑟瑟，瑟瑟，瑟瑟，你家峦青又来找你啦。”

暮瑟被搅得很烦，奈何她嗓门小，盖不住那些起哄的声音，只得气恼地拿书挡着自己的脸，索性来个眼不见为净。

宋之若是全班一起投票选出的班长，虽然大家都还不熟，倒也具有一定的震慑力。

他一改往日做派，神色严肃地走上讲台用力敲了敲桌，原本喧闹如菜市场的 2 班顿时静了下来。

苏峦青一只脚刚踩上讲台那块地，宋之若便转身望向他：“抱歉，现在是上课时间，找人的话，请你下课再来。”

苏峦青脾气算不上好，也就在暮瑟面前像只任人撸的猫。可他这人也不笨，知道宋之若是暮瑟班上的班长，惹毛宋之若对暮瑟没什么好处。

苏峦青有所顾忌，并不代表别人也要全方位去替暮瑟去着想，免不了有几个想兴风作浪的。

直到现在暮瑟都还用书遮着脸，也不知道究竟是谁瓮声瓮气地在说：“哟，人家找的是瑟瑟，你又不是没收人家给的东西，还管这些啊？”

“就是。人家可是连优秀标兵都能给瑟瑟弄到手，期末指不定就能弄到市三好了，你还敢拦着人家？”

也有看不得这两个作妖的替苏峦青说话：“嘴怎么就这么不干净？不挑事会怎么着不成？”

苏峦青情商高会笼络人，也就在暮瑟面前二了些，这些天暮瑟班上的同学或多或少都承了苏峦青的情，正所谓吃人嘴软拿人手短，既然有了第一个出头替苏峦青说话的，后面自然也就有不少跟风的，全都在围攻那两个刻意挑事的女生。宋之若又敲了一遍桌子，班上才再度恢复安静。

宋之若仍板着那张四平八稳的领导脸，说话语气倒还算客气：“现在是上课，真不方便让你们进来，麻烦下课了再来吧。”

“没事，我也就来送点东西。”苏峦青说这话的时候压根就没看宋之若，全程都在搜索暮瑟，当他发现龟缩在书后的暮瑟时忍不住笑出了声。

随着他这一笑，班上同学的目光再度齐刷刷定在了暮瑟身上。纵然隔着一本厚厚的书，暮瑟仍觉自己都快被那些人给看穿了。

和她同桌的温纯如捏了捏她的手，轻声问了句：“瑟瑟，你还好吗？”

暮瑟不想说话，也不知道该怎么回答，只希望苏峦青快些走啊。

苏峦青看到了暮瑟才彻底放心，从自己书包里抽出一大袋零食放在了讲台的台阶上。

他身后跟着的一排“小弟”纷纷效仿，一人一袋放讲台上，不多不少，整整十袋。

做完这些，苏峦青又站在门口说了一句算不上长的话：“大家这些天辛苦了，也谢谢你们能照顾我家瑟瑟。”

苏峦青这次倒是干脆利索，说完就走，毫不拖泥带水。

暮瑟仍旧将自己脑袋埋在书里，温纯如又推了推她的手臂:“瑟瑟，他走啦。”

暮瑟将立着的书缓缓放了下去，她心中百感交集，最开始是觉羞耻丢脸，可羞耻之余又莫名有些感动。

她性格说好不好，说坏不坏，可多多少少还是有些不合群，只想划个属于自己的小圈子。

从小到大苏峦青都是那个拼命将她从小圈子拽出来、拖进大圈子里的人，她也不是不知道他是为自己好，可有些时候有些事，也不见得为她好就是真的好。

遇到喜欢的她会努力迎合，不喜欢的她也会用自己的行动表示抗拒。

而苏峦青永远都这么热情，有时候她觉得很累。

04. 感谢地心引力，让我遇见你。

苏峦青虽说走开了，却没走远，就在暮瑟校门口的小卖部里等着。

已临近五点半，悬在头顶的阳光依旧炙热，丝毫没有要收敛半分的意思，蝉鸣声仍是那么聒噪，仿佛燃尽了自己的生命来喧闹。

悬在头顶的古旧吊扇“吱吱呀呀”叫唤不停，小卖部里的阿姨瞧苏峦青长得俊，时不时地瞥他几眼，有一搭没一搭地聊着话。

那群哥们早已被苏峦青招呼回家，只剩他一人屈着腿坐在小卖部的竹椅上吃冰棒。

等待，漫长且无聊，实在闲得慌了，他也会礼貌而不失疏远地回上一两个字。

如此一来，阿姨说话说得更勤，连电视里正播着的偶像剧都没心思去看。

卢紫芸便是在这种情况下见到苏峦青的。

时隔多年，她再度回想起 2008 年的 8 月，首先浮现在她脑中的不是那场激动人心的奥运会，而是校园小卖部里破旧的一角，那个仿似从少女漫画中穿越而出的少年。

此时阳光正好，而他坐在窗角，暖金色的光穿过透明玻璃窗缓缓流淌。

她能看见阳光下飞舞的尘埃，能看见他被阳光镀成浅金色的根根分明的纤长睫毛，原本笼罩在他身上的淡淡寒意也被这暖阳给融尽。

他的轮廓是那么细致又那么鲜明，无一处是败笔，处处皆惊喜，如同出自世界最顶尖的雕刻工匠之手。

卢紫芸全然不知自己此时的表情有多可怕，就像一匹饿了三四天突然见到肥羊的狼，两眼都在放绿光。

她大脑一片空白，完全忘了自己来小卖部的目的是什么，径直走向苏峦青。

“帅哥，你哪个班的？留个电话或者 QQ 呗。”她一边说话一边拨弄着自己那头蓬松的金棕色卷发。她对自己的长相很有自信，只要她勾勾手指头，哪还有要不到的号码。

然而，她这次似乎失策了。

别说给她电话号码，苏峦青完全将她视作透明，眼皮子都不带抬一下，依旧埋头舔冰棒。

卢紫芸脸上有些挂不住，又换了一边头发继续撩：“帅哥，你有在听我说话吗？”

这时候，苏峦青口袋里的手机响了起来，他叼着冰棒，连忙将手机盖翻开，喜笑颜开：“喂，瑟瑟呀。下课了没？我在离校门口最近的那个小卖部等你，你吃冰棒还是喝酸奶？要不还是喝酸奶吧，你不是总嚷嚷着长不高嘛，冰棒也是垃圾食品，还是喝酸奶好。”

“你们小卖部是没酸奶卖，但是，我带了呀，你最爱喝的芦荟味。好啦，别跑太急了，我多等一会儿也没什么关系，下楼梯的时候慢点。”

和暮瑟打电话的苏峦青与刚才那一言不发啃冰棒的冷漠少年简直不是同一个人，卢紫芸几乎就要觉得自己出现了幻觉。

苏峦青笑和不笑是两种俨然不同的画风，如同两个家世背景性格乃至过往都不同的灵魂住到了同一具躯壳里。

他阖上手机又恢复成一张生人勿近的冷漠脸，至于一直杵在他身前等回复的卢紫芸，很抱歉，还真和空气没任何差别。

半分钟不到，苏峦青就率先发现了和温纯如手牵着手一同下楼梯的暮瑟。

他将啃到一半的冰棍丢进垃圾桶里，连忙起身去拿放在小卖部冰柜里的酸奶，屁颠屁颠往阶梯上跑。

苏峦青身高腿长，跑姿又感人，宛如一条撒欢的哈士奇。

暮瑟隔着老远就看见一条人形大狗朝自己奔来。

至于与她一同牵着手的温纯如则一脸紧张，心中默默想，要不要现在就松开瑟瑟的手，反正在苏峦青的威压下，她迟早也会受不了。

“既然他来接你了，那我先走了哈。”温纯如是真有些怕苏峦青，她才不管自己找的理由够不够充分，反正只要听上去是个理由就行。

“嗯？”暮瑟都还没回过味来，温纯如便已挣开暮瑟的手，“嗖嗖嗖”跑出老远，这速度怕是都赶上了刘翔。

暮瑟简直叹为观止，再将目光投回苏峦青身上时，他已近在眼前。

阳光有点刺眼，他身上的气味有点甜，像混合了草莓酱的牛奶。

暮瑟深吸一口气，嗅了嗅飘浮在他身上的甜味：“你刚吃了什么冰棍？我的呢？”

苏峦青晃了晃手中的芦荟果粒酸奶：“在这儿呢。”

“怎么又是酸奶？”暮瑟原本就心情不大好，这下可更不高兴了，“不是说了我要吃冰棍嘛！”

苏峦青仍是笑眯眯的：“垃圾食品吃了长不高。”

暮瑟最讨厌苏峦青学大人的语气说话，明明被教育的总是他。

纵然如此，她仍是接过了苏峦青递来的酸奶。

小卖部里的卢紫芸静静看着。

苏峦青的目光始终都未离开暮瑟。

两人肩并肩，一步一步，缓缓下阶梯。

暮瑟喝光了酸奶，苏家的车仍未来。

苏峦青望着她傻笑，说起了今天发生在班上的趣事。

暮瑟微微垂着脑袋，像是在认真地倾听，又像是在思考着什么。

隔了很久以后，暮瑟才抬起了头。

苏峦青又问："今天晚上你回家吃饭还是去我家吃？"

"回家吧。"顿了顿，她又说，"峦青，你以后可不可以少管一点我的事？我们已经不在同一个学校了，你天天往这里跑，不太好。"

说者无心，听者有意，暮瑟这话里的某些字眼像蔷薇藤上的刺一般扎人。

苏峦青就这么望着她，不再开口说话。

"我知道你对我好，可我不想再像从前那样了，我有我的生活，有我自己生活的方式，不想被你过多干扰。"

苏峦青原本还带着笑意的眼睛顿时蒙上了一层阴影，他嘴唇颤了颤，似乎想说些什么，暮瑟却不曾给他这个机会。

她粉润的唇一张一合，说出的话却像是淬了毒的刀："以后你不用再等我了，从今天开始，我自己回家。”

苏峦青又愣了愣，眼睛里的光慢慢聚拢，假装压根没听懂她在说什么：“别闹，何叔都快来了。”

“同样的话也请你转告给何叔，替我和他说声谢谢。”

暮瑟说完就转身，苏峦青连忙拽住她的衣袖：“瑟瑟，你到底是怎么了？是不是有人说你啊？告诉我谁，我去揍他！”

暮瑟微不可察地皱了皱眉，将自己的袖子从苏峦青手中抽出：“幼不幼稚啊你！如果每个人都在说我，怎么办呢？你能把每个人都给揍一遍？然后我就没一个朋友？所有人都屈服在你的拳头之下对我敢怒不敢言？”她叹了一口气，“我觉得我真有点累了，别烦我了好不好？”

……

苏峦青从未如此难过。

那些话就像淬了毒的匕首，在他胸口不停地刺。他甚至都不知道暮瑟究竟是什么时候走的。

暮瑟又何尝不难过，那些话一说出口，她便知道再无挽回的余地。

可她不是在负气，她是真的想一个人静静。

明明只剩她一个人，回家的路上却是这样拥挤，她独自一人站在公交车里，找不到落脚的地。

后悔吗？大概有一点吧。她自嘲地笑了笑。

可后悔没有任何用。

是夜。

暮母难得在家做上一顿饭，暮瑟心不在焉地扒着。

暮母盯着她看了半天，才凑近问了句：“怎么啦瑟瑟？看上去很不开心似的，是和峦青吵架了吗？”

暮瑟摇了摇头：“没有。”

暮母虽不再继续问话，却仍有些不放心地看了她几眼，才起身进房悄悄给苏峦青发了一条短信：

“峦青，你们是不是吵架了呀，我看她总一副闷闷不乐的样子。”

苏峦青本还忧郁着呢，一收到暮母的短信立马就激动了，抱着手机噼里啪啦打了一大通话，先是简单地概括了这两天发生的事，再到暮瑟给他发的那两条短信的内容，最后是放学时她对他的态度……

暮母虽不知道具体发生了什么事，却也已大致猜到暮瑟的异常究竟是为什么了，立即回了一条短信安抚苏峦青：

“阿姨都知道了，峦青你是男孩子或许还不明白，即便瑟瑟看上去再大大咧咧，终究也是个女孩子。她敏感，脸皮薄，这时候身为男孩子的你就更应该主动，很多矛盾都因小事而起，说清楚了，矛盾自然也就解决了。”

暮瑟这般大的少年人能有多少烦恼呢？

而今困着她的不过是几句无根无据的流言蜚语。

可别看暮瑟平日里大大咧咧的，像个男孩子，其实她也很敏感。

害怕背后遭人非议。

害怕自己的与众不同而导致格格不入。

她向来是个情绪化的姑娘，容易被心情所左右，整整一个晚上都在思索她与苏峦青之间的关系，以及那些流言蜚语。

如此一来，导致的后果是——她失眠了。

所幸军训后便是三天假，既不用早起，也不用去面对那些问题。

第二章

暗恋的秘密 ▼

她浮在眼角眉梢上的娇羞怯意，都在替她的喜欢做无声的回答。

01. 几句是非，也无法将我的热情冷却，你出现在我诗的每一页。

课堂上的内容依旧是那么沉闷，九月的天仍残留着夏日里的余温。

微风习习，穿过树梢，穿过窗，吹拂在暮瑟脸上，扬起她鬓角的一缕发，微微有些痒。

窗外阳光正好，讲台上的数学老师正在卖力“演讲”，表情丰富，肢体语言夸张，一会儿扭成S形，一会儿又摆成F形。

初中的数学虽复杂，努力听一听倒也还能听进去。

可到了高中，只要出一会儿神，想再接上数学老师的思维，简直难于上青天。

出了好一会儿神的暮瑟又试着努力听了听。

这次，不但没听懂，反而被数学老师夸张的形体动作吸引了所有的注意力。

一堂课下来，除了数学老师身段格外妖娆，别的什么都没记住。

暮瑟的位置靠窗又朝阳，暖阳晒了她整整一个上午，又有微风不停地吹，她整个人都陷在一种昏昏欲睡的氛围之中。

高中正式上课的第一天对暮瑟来说无疑十分新鲜，可再怎么新鲜也都比不上下课和放学。确切来说，这短短十分钟的课间休息才是真正属于她的青春和时间。

自打和苏峦青说过那番话之后，苏峦青到现在都没再和她联系。

闲暇时，暮瑟也会自我反思，不停地想，是不是她不对。

可她在苏峦青面前横行霸道惯了，有时候即便知道自己错了，也拉不下面子向他道歉。

更何况，在这件事上，她从不觉得自己有错。

许是这两天的烦心事太多，多到她都忘了班上还有个曾让她犯花痴的男生，而这个男生宋之若此时正与她和温纯如并排走着。

暮瑟一整天都有些魂不守舍，时不时盯着手机看，看完又一言不发地发着呆，连宋之若的靠近都毫无察觉。

而向来文静的温纯如今天却意外地活泼，两眼亮晶晶地盯着宋之若，不时低头微笑，白皙通透的脸颊不知何时晕出两抹红霞。

这些事暮瑟都未察觉，她唯一惦记的是，苏峦青为什么还不联系她，还不给她打电话发消息。

校门口的公交车站人满为患。

或是三三两两聚在一团吃路边摊上买的小吃，或是挽着手站在一块说今天上课时发生的趣事。

公交车来了一趟又走一趟，装得满满当当，就像塞满沙丁鱼的铁罐头。

暮瑟学校所在的那站不但有两所中学，并且距离始发站和终点站都很远，恰巧是人流量最多的中间站点。

放学时间在暮瑟的学校外等车，除非天赋异禀或者人品炸裂，否则压根就抢不到座位。

暮瑟上车上得晚了，连车上的杆子都抓不到，只能仰头去抓一直在头顶上晃荡的扶手。

她本就长得不高，公交车上扶手的设计偏生又要逼死矮子，她努力将手伸直往上延伸才勉勉强强握住扶手。

这种感觉可真不好，车一开动，她便觉得自己像是在表演花式单杠，不停旋转，跳跃，踮脚尖，只差悬空来个劈叉。

这趟公交车着实坐得艰辛，更令人绝望的还在后边。

前方就是一个超过 90 度的大弯。

暮瑟的身体与车一同往右偏，眼看这弯就要拐完，她揣在校服裤口袋里的手机却挑在这时候响了起来。

暮瑟两只手都扒拉在了扶手上，这电话接也不是，不接也不是。

好不容易等那弯拐完，而手机恰恰好还在响，暮瑟便空出了一只手去裤口袋里掏手机，翻开盖一看，中国电信……

更巧的是，就在暮瑟将手机盖打开的一瞬间，那电话还突然就不响了。

暮瑟习惯性地撇撇嘴，再度将手机收回裤口袋里。

说时迟那时快，公交车又在这时转了个大弯，暮瑟一只手根本就抓不紧，眼看就要被惯性给甩出去，就在她飞出去的前一霎，她背后又伸出了一只神秘的手，强行拽住她的胳膊，将她拉了回来。

许是那一下的力道太大，加上暮瑟本身也站不太稳，直接就撞到了那人的怀里，画面就像偶像剧里演的那样，只是缺少了聚光灯以及慢镜头的特写。

即便不回头去看，暮瑟也能猜到是谁，不论是校服衣上清冽的洗衣液香还是那只骨节分明的手，都在充分说明，那个人正是苏峦青。

暮瑟没想到，怎么都没想到，苏峦青会以这种方式出现在这种地方。

她猛地一回头，习惯性地仰头定在某个点，恰恰好看到苏峦青那张得意扬扬的脸，他嘴角抑制不住地往上扬，眼睛弯成新月的形状，连语调都在充分解析“沾沾自喜”这个成语。

暮瑟与他对视半晌，许久许久以后，才见他一脸傲娇地哼了一声：“没有我还是不行吧。”

一股异样的情绪悄然划过暮瑟心间，她的脸颊似乎又在发烫，连心脏跳动的速度都突然变得很快。

她竭力想隐藏，低着头，撇过脸不去看苏峦青。

不远处却传来一阵阵压抑的笑声，暮瑟循声望去，只见温纯如、肖震鹭及那并不算陌生的郭嘉豪正憋笑望着自己。

暮瑟脸烫得越发厉害，简直都要无地自容了！

她别别扭扭地挣开苏峦青的手，几不可闻地说了句：“我自己有手，能抓得住。”

苏峦青十分敷衍地“哦”了一声，却不见有任何动作，依旧将暮瑟抓得稳稳当当。

暮瑟觉得自己突然变得很奇怪，怎么会在一条哈士奇面前害羞呢！

她强行止住不断在心间漾开的古怪感觉，不断给自己洗着脑：人类不能屈服于哈士奇！人类不能屈服于哈士奇！人类不能屈服于哈士奇！

当她默念到第三遍的时候，一直在弯道间扭来扭去的公交车终于走到了正常的道路，苏峦青也终于在这时松开了手。

暮瑟竟在这时生出了丁点儿失落感。

可很快，苏峦青那张精致得不像话的脸就这么放大在眼前。

暮瑟一愣，又见苏峦青脸上露出副错综复杂的表情：“那个……瑟瑟啊，那天的事，嗯……”

“嗯？”暮瑟被他这别别扭扭的样子给弄得一头雾水，“你想说什么？”

“啊？其实我想说……”

话刚要被说出口，又止住。

在暮瑟心中，苏峦青从来都是个臭不要脸的存在，什么时候见他这么别扭过。

于是，她更急了：“你到底想说什么？”

“我想说……”余下的话不曾被说出口，取代苏峦青那张起码放大三倍的脸的是一块起码被放大五倍的手机屏幕。

暮瑟觉得自己眼睛都快贴在屏幕上了。

屏幕上是苏峦青与她 QQ 聊天的对话框，对话框上有很多条他单方面发的消息，却都没发出去，显然是在没有网的情况下发的。

苏峦青直接把手机塞给暮瑟，一副难为情的样子：“你慢慢看，有些话还挺恶心，挺肉麻的，别笑我，谁让你像猫一样，老爱生气，总得哄。”

对话很多，暮瑟不曾去细数他究竟发了多少条，一下将对话翻至最前，也就是她与苏峦青吵架的那天。

“瑟瑟，你生气了吗？为什么要生气呢？”

“瑟瑟，你是不是嫌我烦呀？可我担心会有人欺负你呀。”

“瑟瑟，别生气了好嘛，我跟你道歉啦，道歉好不好？”

“哎，为什么每次都是你一个人生闷气？生气了就告诉我好不好？”

“阿姨说女孩子都是很敏感的，我是男生，所以完全不知道你为什么会突然生气呀，以后，你要是不开心了、难受了就跟我说好不好？不要一个人总把事憋在心里，我也会不开心。”

“瑟瑟，瑟瑟，瑟瑟，瑟瑟……你怎么还不理我？你知不知道你生气的时候可凶了，我都不敢和你说话，怕更加被你嫌弃。”

“瑟瑟……”

“……”

暮瑟一条一条地看，越是往下翻越有一种难以言喻的情绪往胸口上涌。

她知道自己有时很任性不讲道理，动不动就生气，也知道这样一个别扭的自己很容易伤到真正关心自己的人。

可大抵也正因为她知道不管自己怎么“作”，真正关心自己的人都不会走远，永远守在那里，所以，她才会更加肆无忌惮地“作”吧。

她其实很想开口对苏峦青说声谢谢，可这样的话又让她觉得矫情，是那么难以启齿。

她握着手机沉思许久，仍憋不出一句话，只能一如既往地骄纵蛮横着将手机塞回苏峦青手里，眼神却像在刻意逃避，始终不敢将目光定在苏峦青脸上。

此时的苏峦青也有些呆呆的。

他弯唇笑了笑：“看完了呀。”疑问句式，却非疑问句。

暮瑟脑袋压得更低，只发出一个几不可闻的“嗯”字。

“那你会选择原谅我吗？我真的再也不犯二了，我发誓！”

苏峦青此时的眼神很真挚。

都被人这么盯着了，暮瑟也不好一直逃避，只得抬起头来，无比傲娇地回了句：“那我考虑考虑……”

“那……我要开流量，把这些未发出的消息都发出去咯？”

暮瑟的嘴角忍不住往上翘：“我都看完了，还有什么好发的？”

苏峦青闷闷的：“但是，你还没给我回复呢。”

“哦？我也没说要回啊。”暮瑟强行压制住那一而再再而三往上翘的嘴角。

苏峦青不仅是闷，还颇有些幽怨：“啊！我都发了这么多，你怎么可以不回！”

“那看心情咯，心情好就回，心情不好为什么要回你呀？”

“好吧。”苏峦青有几分无奈，“那你怎样才会心情好呢？给我举个例子呗。”

暮瑟眼珠子转了转，嘴角再也压制不住地高高往上翘：“很多呀，比如说，奴役某人，听到某人哀号的时候，我心情就会变得格外好呀。”

……

02. 我想带你骑单车，我想和你看棒球，想这样没担忧。

不少女孩子在学生时代也都曾做过这样一件事——写小说。

女孩子的青春除了聊不完的悄悄话、看不够的偶像剧，还有那一摞一摞被摆在校门口书店的杂志和小说。

暮瑟的少女时期和每一个普通女孩一样，八卦、偶像剧、小说填满了她的整个青春。

唯一不同的是，她身边有个苏峦青。从小到大，不论暮瑟冒出多少稀奇古怪的想法，他总能无条件地支持鼓励她，哪怕那些想法在旁人看来是痴心妄想，是无论将手伸多长都无法触及的幻象。

暮瑟第一次写故事是在初二那年，故事很短，不到四千字，用自动铅笔密密麻麻地写在了笔记本上。

故事的内容也很简单，是飞鸟和鱼的故事，免不了落俗套，飞鸟爱上鱼却无法相守，最后的结局倒是狠狠虐了一把，鱼被捕鱼人烹煮成羹汤，飞鸟扑火，殉情丧生。

暮瑟写这个故事的动机很简单，不过是上课太过无聊，手头上的小说恰好又都看完，耳机里恰好响起一首歌：

海平面远方开始阴霾

悲伤要怎么平静纯白

我的脸上，始终挟带一抹浅浅的无奈

你用唇语说你要离开

那难过无声慢了下来

汹涌潮水，你听明白

不是浪而是泪海

转身离开，分手说不出来

海鸟跟鱼相爱

只是一场意外

……

歌词与飞鸟和鱼并没太多的关联，暮瑟的思绪却已飘出很远很远。

她脑中勾勒出来这样一幅画面：海天接连，湛蓝一片，飞鸟展翅掠过海平面，礁石滩上一尾小鱼被搁浅……

那些画面和情节就像一朵又一朵在夜空中炸开的烟花。

她的手仿佛突然不听使唤了，随着笔尖的滑动，那些方正的字符如同倒豆子一般“哗哗哗”浮现在纸面。

那一堂课她的手几乎就没停过。

第二天早晨，苏峦青的桌上多出一个密密麻麻写满铅笔字的本子，而暮瑟，则咬着下唇，满脸期待地望着他。

凭良心来说，暮瑟的故事是真写得不好，不说故事内容，语句平淡无奇犹如流水账，甚至还有多处病句。

她也不是不知道自己不够好，可即便如此，也想将自己的故事分享，渴望得到肯定和夸赞。

在暮瑟面前，苏峦青从不吝啬夸奖，而暮瑟也因这毫不意外的夸奖写了整整一年。

这正是暮瑟的小秘密，一个只有她和苏峦青知道的小秘密。

高中生的课业比想象中更繁重，手写稿的速度也不比打字，纵然如此，暮瑟仍在天天坚持。

两天前苏峦青突然给她发了一封约稿函，正是暮瑟最喜欢的那家期刊，截稿日期是下周一，这也正是暮瑟拒绝了温纯如的原因，周末两天她准备在家闭关写稿。

她在家随意吃了些东西，便回到了自己房间，开始放那首最爱的纯音乐。

被她握在手中的笔像是通过右手与大脑连接在了一起，那些不断在脑中放映的画面，那些天马行空的想象通通变作字符落在了素白的纸面上。

她觉得自己全身心都得到了放松，已然忘却时间，忘却自己所处的环境，仿佛就在那些不着边际的幻想中畅游。

那一夜，暮瑟一直写，一直写，写到很晚，晚到她恍惚间仿佛看到了天际即将升腾而起的朝阳。

她入睡的时候是凌晨五点，再度醒来已是正午。

如果没有人来扰，暮瑟觉得自己可以就这么一直睡下去，睡到天荒地老。

可偏偏就是这时候，电话铃声和门铃一同响起，她捂着耳朵，挣扎着翻了个身，那招人烦的电话铃声终于停止响动，门铃声则由阵阵叩门声所替代。

纵然如此，也没能让暮瑟的眼睛掀开一条裂缝，她含混不清，又或者说是“气若游丝”地问了句：“谁呀……”

房门“砰”的一声被人从外面推开，紧接着，便是一阵急促且高亢的女声：“都几点了！还不起床！快起来吃饭啊！峦青也来了，别让人在外面干等着！”

暮瑟弱弱回了个“嗯”字，脑袋却钻进了暖烘烘的被子里。

暮母的音调就此拔高八度：“你还有脸接着睡？给我马上起床！”

暮母这一吼的威力简直足以将整栋楼震塌，又怎么会震不醒一个暮瑟。

暮瑟一个鲤鱼打挺，直突突地从床上弹起，乖乖地穿好拖鞋，朝自家老妈挤出个谄媚的笑：“嘻嘻，好香啊，老妈的厨艺又有长进了嘛。”

暮母懒得搭理她，只朝她翻了个白眼，便握着锅铲径直走回厨房。

暮瑟慢吞吞地从床上爬起，趿着拖鞋一路踱步走进浴室，全然将坐在客厅沙发上的苏峦青视作透明。

苏峦青的到来使桌上又多了个菜，暮瑟默默扒着饭，暮母的胳膊不停往外拐，一边伸筷给苏峦青夹菜，一边数落自家女儿暮瑟。

暮瑟早就习惯了自家老妈这做派，见怪不怪地继续吃着饭，倒是苏峦青不停地替暮瑟说好话。

暮瑟才醒不久，整个人都还有些迷糊，自然也就没什么胃口，随意扒了几口饭就不想吃了。苏峦青见了，也连忙放下碗，目光一直黏在暮瑟身上。

这时候，暮母又发话了："既然吃完饭了，就和峦青一起出去走走逛逛，别整天瘫家里，看着你这样我都觉得难受。"

暮瑟忙不迭地摇头："不不不，我今天不想出去，我还要修改小说呢！"

暮母一脸不以为然："有什么好修改的，改了不还一样，照样没人看。"

暮瑟气愤："你可是亲妈呀，有这么损自己女儿的吗？"

暮母夹了一筷子菜往自己嘴里送："你这是典型的三天不打上房揭瓦，再不给我损损怕是要上天了，赶紧和峦青下楼吧，人还特意过来给你送礼物呢。”

一听到“礼物”二字，暮瑟不禁微微眯起了眼睛，朝苏峦青所在的方向瞥了一眼，这一眼扫去，只见苏峦青正咧着嘴朝她傻笑。

她撇了撇嘴角，用看智障一般的眼神望着他：“笑什么呢？有什么好笑的？”

苏峦青连忙将笑憋回去，装出一副严肃认真且正经的模样。

暮瑟又瞥他一眼，方悠悠地收回目光：“智障。”

一旁的暮母实在看不下去了，一巴掌拍在暮瑟的脑门上：“你怕是不得了了，人家给你送礼物还这么一副态度，吃完了就赶紧下去，记得跟人家峦青道声谢。”

暮瑟揉着被自家老妈拍红的脑门，边走边小声嘟囔着：“胳膊肘老往外拐，我肯定不是亲生的！”

苏峦青乖乖地跟在她身后走，努力憋着笑。

暮家的门一关上，暮瑟便转身瞪了他一眼：“笑什么笑？有什么好笑的？”

苏峦青也不解释，就这么一直笑盈盈地望着暮瑟，慢悠悠地跟在她身后走。

暮瑟也是女孩，自然会对男生送自己的礼物有所期待。

当暮母说出这话的时候，她便已经开始猜测，苏峦青送给自己的究竟会是个什么东西。

电梯里的数字在不断跳动变换，暮瑟的心情也渐渐由烦闷转为淡然，禁不住问起了苏峦青，究竟给她送了什么礼物。

苏峦青这货却守口如瓶，不论暮瑟怎么缠着他问，他都只是微微笑着说：“你猜呀。”

起先暮瑟还有那么几分耐心，当她的答案一一被苏峦青所否认的时候，她便又开始闹起了别扭，气鼓鼓地望着苏峦青：“猜什么猜呀！我不想猜了，你就告诉我呗。”

苏峦青仍是一副神秘兮兮的样子：“待会儿下了楼你就能看到。”

暮瑟本还想再说些什么，电梯门便已“叮”的一声响了。

苏峦青又冲暮瑟眨了眨眼睛：“想知道是什么，就赶紧出去看呀。”

暮瑟有过很多种不同的猜测，却怎么也没猜想到苏峦青送给她的礼物是一辆单车。

那辆单车十分小巧，与她的身高十分相衬，全身上下都被刷成了粉色，她一眼看过去直呼可爱。

暮瑟高兴完了，又有些失落，颇有几分怨怼地瞅着苏峦青：“你给我送这个做什么呀？我又不会骑车。”

苏峦青不答反问暮瑟：“那你以后还想每天挤公交车吗？”

暮瑟虽然不知道苏峦青为什么会这么问，仍一脸耿直地摇了摇头：“不是很想，真的太挤了。”

苏峦青又接着问：“那……你要继续坐我家的车咯？”

“不不不……”暮瑟把头摇得似拨浪鼓，“我还是不想这么高调。”

“那就是咯。”苏峦青弯成月牙的眼睛里泛着柔和的光，“你既不想挤公交车，也不想坐我家的车，还能怎么办呢？”

苏峦青都已经提示得这么明显了，暮瑟若还弄不明白，那她便真是个傻子了。

这些天苏峦青一直都和暮瑟在挤公交车，细心如他又怎么没发现暮瑟早就受不了挤公交车的日子，可暮瑟这小姑娘性子倔，一直都在硬撑。

既然如此，他便只能以自己的方式来解决。

苏峦青之所以想到这个法子纯属意外，只因某天挤公交车的时候，听暮瑟和温纯如嘟囔了两句：“挤公交车可真累啊，我要是会骑车就好了……”

正所谓说者无意听者有心，暮瑟不过是简简单单抱怨了一句，便被苏峦青听进了心里。

当天晚上他便开始行动，把同行的小伙伴挨个问了个遍，才发现，原来除了暮瑟所有人都会骑车，于是，他便又瞒着暮瑟一人偷偷拉了个群，在群里劝大伙儿一块骑车上下学。

暮瑟与苏峦青所在的城市恰好有很多单车道，每天骑车回家，甚至可以说比坐公交车还安全，更何况大家也都厌倦了每天踩着点挤公交车的生活，苏峦青这一提议可谓是一呼百应。

而今万事俱备，只差教会暮瑟骑车。

苏峦青才不会傻到喊大伙一起来教暮瑟骑车，这种带糖的大馅饼自然是落在了他自己头上。

很久之前暮瑟就想过要学骑单车，只是她懒，很多想法也只是在脑袋里过一遍，就再没了下文。

暮瑟其实也有些小激动，不过是表面看着镇定，叫人看不出她翻江倒海的内心。

原本还有些犯困的暮瑟瞌睡虫一下全跑得没了踪影，苏峦青站在她身后浅笑，长腿一迈，跨步至她身侧，扶住单车后座：“瑟瑟，坐上来试试。”

既然苏峦青都已这么说，暮瑟自然就毫不客气地一屁股坐上单车。

初次骑车的她尚不知晓如何保持平衡，一上去便连人带车往右边倾斜，吓得她几乎就要夺车而逃，在她悬在踏板上的脚即将落地之前，一股巨大的托力霎时自单车后座处传来，稳住了她不断右倾的身体。

暮瑟顿时松了一口气，忍不住回头瞥了一眼。

午后的阳光依旧是那么炙热，即便头顶有密不透风的梧桐叶作为遮挡，仍有无穷无尽的热能四面八方地涌来。

苏峦青低着头，所有注意全都集中在车身上，他的手骨节分明且修长，因为过于用力而有青筋微微凸起，那原本过于白皙的手瞬间充满了力量感。

暮瑟本该害怕的，可不知道为什么，从她发现苏峦青在身后扶住自己的那一刻起，她沉在心中的所有不安都消失不见了。

这种事于她和苏峦青来说再正常不过，而她却像是头一次发现苏峦青竟这么可靠。

暮瑟的思绪不受控制地飘飞到很远很远的地方。

从前发生过的那些事的记忆残骸汇聚成一片，她的脑袋里就像在播放一部色调泛黄的老电影，电影里的每一帧每一幕都是她与苏峦青相处的画面。

也就在这时候，她才恍然发觉，原来从小到大他都这般，宛如世间最忠诚的骑士一般守候在自己身边。

许是因她与苏峦青的距离太近，又或许只因这些事都太过常见，以至于她早就习以为常，从来都见怪不怪。

此时的暮瑟就像突然发现了一个小秘密，又像是在无意之间挖掘出了一批宝藏。

她觉得心里有点痒，像是有一只蚜虫藏在了最娇嫩的花芯中，时不时轻轻挠动又啃咬上几口。

她不知道自己究竟是怎么了，这种异样的感觉却在一点一点地放大。

她能感受到自己的呼吸突然变得很急很促，整个人也莫名其妙变得心虚起来。

她突然就不敢直视苏峦青的眼睛，目光像是触电一般急速收回，然后，无意识地扬起了嘴角。她心里的杂草在疯长，明明就已经纠成了一团解不开的乱麻，她却仍听到自己在说："你要扶好哦，我要出发了！"

03. 我想就这样牵着你的手不放开。

大抵是为了逃避这种盘踞在心间的异样感觉，原本还有些胆怯的暮瑟无端变得活跃。

她不再小心翼翼、畏畏缩缩，直接转变为毫无章法地一顿乱蹬。

她的身体连带着单车一同越歪越厉害，明明她都觉得自己是在擦地骑行，偏偏又不会摔倒和地面来个亲密拥抱。

每当她以为自己下一刻真要摔的时候，身后总有一股力量将她重新拉回正轨。

与之一同传来的是苏峦青的声音："别怕，有我在呢。"

这从小到大听过无数遍的声音，像是突然拥有了魔力，她悬着的心又重新落了地，久违的平衡力也重新回到了她身上。

过完正午以后，阳光终于有所收敛，不时有微风拂来，撩动暮瑟的发梢。

她一次又一次地踩着踏板，身体也终于适应这种新的行动模式。

暮瑟的平衡感很差，学得十分缓慢。

她完全找到保持平衡的诀窍时太阳已经落山，苏峦青累得满头大汗，套在身上的 T 恤早已被汗水浸湿，湿答答地贴在身上，隐约透出被覆盖在 T 恤下的肌肉轮廓。

暮瑟已然能蹬着车骑上很远的距离，她欣喜若狂的同时还不忘回头去与苏峦青炫耀一番。

意外便也在这时出现……

她的视线里已没有苏峦青的身影，安全感于一瞬之间消失殆尽，她突然就慌了神，有些手足无措，不知道自己接下来该如何去做。

也就在她慌神的那一瞬间，单车的车头像是喝了酒似的胡乱打着摆子，她甚至都没时间来思考究竟发生了什么，便连人带车一同栽倒在地。

“砰”的一声响，久久回荡。

这会儿暮瑟整个人都给摔蒙了，犹自傻愣愣地坐在地上。

远处望着的苏峦青虽还不知暮瑟摔得重不重，可光听那“砰”

的一声响，便觉肉痛，立马冲了过来。

暮瑟其实伤得并不重，只是这架势有点吓人，她见苏峦青皱着眉头朝自己跑来，还在一个人傻乐：“哎呀，你刚刚居然没扶着，是我自己骑过来的哎。”

此时此刻的苏峦青表情看上去十分严肃，他并没即刻接话，不由分说地挽起暮瑟阔腿裤的裤脚，露出膝盖上擦破皮正在流血的伤口。

全然没想到自己伤口这么惨烈的暮瑟又是一愣，就在她低头发愣的那一瞬间，苏峦青的手臂已穿过她腋下，瞧这架势，像是想将她打横抱起。

虽说暮瑟和他是亲密无间的青梅竹马，可如今大家毕竟都已长大，再做这样亲密的事暮瑟难免会害臊，于是，暮瑟第一反应便是躲，而苏峦青似乎也意识到自己的所作所为过于浮夸，他也稍稍愣了一下。

暮瑟能感受到他的迟疑，当她以为他下一刻会松手的时候，他却毫不犹豫地将她抱了起来。

暮瑟意识到发生了什么事的时候，整个人已经离开地面。

如她一般年纪的女孩大多敏感，当她意识到自己被抱起的刹那，她整张脸红得像是要爆炸。

她连忙挥舞着手臂，结结巴巴地说："别抱我，别抱我，我自己可以走的。"

苏峦青的表情明显一怔，很快又恢复正常。他连忙将暮瑟放下，手臂却依旧紧紧钳着暮瑟的胳膊，将抱的姿势改为搀扶。

暮瑟那涨得通红的脸在一点点散热，当她完全恢复正常的时候，毫不客气地朝苏峦青翻了个白眼："要是别人，老娘早就一巴掌拍上去了！"

苏峦青嬉皮笑脸地打着哈哈："我这不是关心你，着急嘛。"

暮瑟仍没给他什么好脸色，冷哼一声，昂头往前走。

小区里的诊所距离暮瑟摔跤的地方不远。

夕阳西下，整片天空都被染成昏黄的调，天色渐黑，光线一点一点暗下来，蝉鸣声熄在那片黄昏里。

小区里的路灯不知何时亮了起来，将暮瑟与苏峦青的身影拉得老长。

诊所就在前方，不过两三分钟就已抵达。

诊所里戴着口罩的医护人员用棉签沾了药给暮瑟清洗伤口，

疼得她龇牙咧嘴，眉毛几乎就要皱成一团乱麻。

一旁看着的苏峦青更觉煎熬，一边说“你轻点”一边像个老人家似的叹着气，恨不得一把推开那医护人员换自己上。

药终于上好了，苏峦青也终于找到空隙钻过去，不停地给暮瑟的伤口吹气：“还疼不疼呀，瑟瑟。”

暮瑟没来得及回答，就被医护人员抢了话：“小伙子不错，这么小就懂得疼女朋友。”

暮瑟长这么大还是头一次被外人开自己和苏峦青的玩笑。她立马就坐不住了，像只好胜的小斗鸡似的昂起了脖子：“阿姨你可别乱说话！我跟他要是早恋，还不得被打断腿！”

医护人员也没别的意思，不过就是瞧这俩小孩挺有意思的，就想逗着玩玩，哪晓得暮瑟居然这么大的反应。

既然如此，她也没继续逗这俩小孩的想法了。

大抵是因为那一下太过激动了，暮瑟的脸蛋一直红扑扑的，活似一个大苹果。

相比较暮瑟的“气急败坏”，苏峦青可真是淡定得不行，不但没有一丁点多余的反应，反倒抽出了一张手帕纸给暮瑟擦拭涂出伤口范围的药。

暮瑟的目光不知不觉被他吸引。

此时此刻的她正坐在椅子上，而苏峦青则正半蹲在地上，平日里仰视苏峦青成习惯的暮瑟突然换了个角度，以俯视的方式来看苏峦青，一时间让她觉得有些不习惯。

不可否认的是，从这个角度看过去，苏峦青的脸似乎更好看了，他的鼻梁直挺精致，和整张脸的轮廓搭配得可谓是天衣无缝，他的睫毛很长，暮瑟从前就知道，可她没想到的是，当他垂着眼睫往下看的时候，睫毛竟像极了两团毛茸茸的羽毛扇。

真的不论怎么看，都让人觉得他好看到不可思议。

暮瑟自认为不是个肤浅的姑娘，可她不论再怎么催眠自己，也都无法忽略苏峦青好看这一事实。

苏峦青始终都未能抬起头来，暮瑟越看越专注。

由不经意的一瞥直接变为托腮认真端详。

苏峦青长得冷，不仅仅是因为他的轮廓深而尖锐，更主要还是他的眼神太显锋芒，过于锐利。

所以，当他轻轻垂下眼睫，遮住眼中锋芒时，暮瑟竟恍然生出了一种，他其实也长得很温柔的错觉。

每个人都会有一种特定喜欢的类型，暮瑟所喜欢的恰巧就是与苏峦青截然相反的温柔型。

她对温柔的人最无抵抗力。

认真端视苏峦青的脸的时候，暮瑟有些控制不住地开始胡思乱想。

至于她那小小的脑袋瓜子里究竟在想些什么，她自己也不知道，正因如此，才能被称之为胡思乱想嘛。

也就这个时候，完全将暮瑟膝盖上药剂擦拭干净的苏峦青突然抬起了头，两人的目光就这般撞上了。

暮瑟还在发蒙，整个人都有些呆呆的，苏峦青目光撞上来的刹那本是微的寒，当他的眼完全聚焦在暮瑟脸上的时候，眸中的寒芒正在一点点瓦解，就像破冰后的湖面投来一丝暖阳，有一种无法用言语来形容的暖寒交错之感。

霎时，暮瑟的瞳孔突然急促地收缩了一下，就像一只突然遭到惊吓的猫，“嗖”的一声便弹了起来。苏峦青都没能闹明白究竟发生了什么，就见暮瑟不停地碎碎念着什么：“好热啊！好热啊！我快要热死了，这里真的好热啊！”

暮瑟这番莫名其妙的话当然是借口啦，一个掩饰自己慌张的借口。

实际上，暮瑟为什么会慌张，这种事连她自己都不知道，她只下意识地觉得，这种突然涌出的感觉很奇怪，怪到她不想被苏峦青发现自己的异常。

暮瑟有着自己的小心思，遮遮掩掩又羞答答的模样全然不像平日里那个大大咧咧的她。

苏峦青又岂会发现不了她的异常，可他终究不是暮瑟肚子里的蛔虫，自然也闹不懂她怎么突然就成了这副模样。

也正因不明白，他才一头雾水，不明所以地问了句："你怎么这么热，脸好红啊。"

"啊？是吗？"暮瑟欲盖弥彰地转过身，一边用手扇着风，一边径直往诊所外走，嘟嘟囔囔地念着，"咱们继续练车吧！"

苏峦青实在是被这样的暮瑟弄得有些无奈，一路追了出去："你都这样了，还怎么学？再说我差点就忘了，你本来就是个神经大条的冒失鬼，真学会了骑车也免不了出事故，以后还是我载你吧。"

"不行呀，我得自力更生！"

"更你个头的生，反正我也不教了，你还是老老实实坐我的单车后座吧。”

“……”

晚风一阵一阵吹来，钻过门帘，吹拂在诊所医护人员的脸上，她的嘴角不自觉地扬起，目光悠悠飘过透明的窗，落在夜色中奔跑的两个少年人身上，又隔半晌，直到两个少年人的身影完全融入到夜色中，她方才自言自语似的说了句：

“年轻真好。”

04. 载着你仿佛载着阳光，不管到哪里都是晴天。

周一的早晨暮瑟起了个大早，才准备发短信问苏峦青到哪里了，便接到苏峦青打来的一通电话。

原来他已经在楼下等着了。

暮瑟本以为这将是一个与往常并无任何差异的清晨，全然没料到，自己一下楼便看到乌压压一片人堵在了门口。

用“乌压压一片人”来形容或许有些夸张，可唯有这样才能表达出暮瑟心中的惊骇，她整个人都有些蒙，完全不知道今天究竟是什么日子，为什么大伙都堵在了她家楼下。

这里的大伙自然是包括了苏峦青、温纯如以及肖震鹭、郭嘉豪，甚至还有一个她完全意想不到的存在——宋之若。

回过魂来的暮瑟弱弱问了句："怎么这么多人呀……"

苏峦青本想上前一步和暮瑟细说，温纯如便已经"噌噌噌"跑了过去，亲昵地挽着暮瑟的胳膊晃啊晃："瑟瑟，以后我们大家一起骑车上下学吧。"

被人抢了台词，抢了表现机会的苏峦青立马就不爽了，连忙绕到暮瑟身边邀功："是呀，大家以后一起骑车吧，我可是好不容易才把人给招齐的。"

温纯如、肖震鹭，郭嘉豪三个人倒是可以理解，暮瑟就是不明白苏峦青究竟是怎么把宋之若也给弄了进来。

暮瑟直接无视了苏峦青的话，和温纯如咬起耳朵。

也就这时候，她才知道，原来宋之若是这伙人走在路上捡到的，或者说是他自己死缠烂打跟上来的。

暮瑟对宋之若的了解虽算不上多深，却也总觉得这实在不像他的行事风格。

暮瑟与温纯如旁若无人地咬着耳朵，你一句我一句，聊得可谓是酣畅至极。

苏峦青的脸却在一点点地变臭，很显然，他这分明就是吃醋了。

暮瑟与温纯如意犹未尽地继续咬着耳朵，苏峦青冷着一张脸，像个城管大爷似的挥着手在俩姑娘身边绕，边绕还边嚷嚷着："哎呀，大早上的说什么悄悄话，赶紧走，赶紧走，上学都要迟到了……"

他这番话倒也还算有点用，聊到难舍难分的俩姑娘立马就分开了。

暮瑟压根就没学会骑车，自然只能被苏峦青载着，坐他的单车后座。

苏峦青可是老早就做好了准备，暮瑟一坐稳便狂蹬车，不过须臾，那群人便被远远甩在了身后。

上苏峦青的车的时候，暮瑟其实有些不自然。

换作平常，她才不会是这么一番别别扭扭的样子。

她今天之所以这么不自然不过因为宋之若的存在，是了，任凭谁都无法坦然地在自己喜欢的男孩面前坐上另一个男孩的单车后座呀，哪怕那个喜欢的男孩压根就不在乎自己，可纵然如此，她还是会忍不住胡思乱想自作多情呀。

单车车轮"哗哗"地转着，一圈又一圈地滚动着前行。

明明是坐在后座，暮瑟却一点都不觉硌得慌。

她脑子里一片乱糟糟的，不曾去思考这个问题。她不知道的是，上个周末苏峦青究竟在这后座上花了多少工夫，两天时间内他找了不下五十种材料来垫后座，一直折腾到周日晚上，才最终敲定三种材料，将它们拼合在一起固定在后座上。

暮瑟全然不知晓这一点也不硌人的后座背后的故事，彼时的她兀自沉浸在一抹淡淡的忧伤里。

上苏峦青单车后座的时候，她全程都很紧张，视线却时不时飘在宋之若身上。

宋之若神态自若，该笑的时候仍在笑，并无半点异常的地方，甚至连一个多余的眼神都不曾给予。

暮瑟也不知道自己怎么就这么纠结，可也正因喜欢，她才会这般反复这般在意呀。

打断暮瑟繁杂思绪的是苏峦青那遮掩不住笑意的声音："瑟瑟，抓稳咯！我又要加速了！"

霎时，暮瑟只觉有风从耳旁"哗哗"刮过，周遭的景在不断倒退后移。突遭这样的变故，暮瑟吓得赶紧搂住了苏峦青的腰，苏峦青的速度却有增无减，不过片刻，他与暮瑟的身影便已被遮掩在青翠的灌木丛里。

温纯如和这些人都算不上熟，当初之所以答应苏峦青还不是因为有暮瑟。

她又哪猜得到最后竟会变成这样的局面，苏峦青一声不吭便将暮瑟载走了，只余她一人站在一群男生中。

温纯如性格腼腆，不擅与男生交际，她本想立马骑车追上去。还未上车，那个从未与她说过一句话的同班同学肖震鹭就已伸手将她拦住，笑得那叫一个不怀好意。

温纯如本来胆小，这肖震鹭牛高马大、长了一张富有社会气息的糙汉脸不说，偏偏又笑得这么一脸荡漾。

温纯如被他这一笑吓得直打哆嗦，人也就这么愣在了原地。

凭良心来说，温纯如是真长了一张我见犹怜的小白花脸，这样的女孩即便是女生见了都会忍不住生出几分怜惜之意，更何况男生。

一直呈路人状看戏的宋之若终于忍不住了，开口与肖震鹭说了句："她胆小，你别吓到人家了。"

肖震鹭十分不以为然地耸耸肩，瓮声瓮气地说："哟，看不出班长你还挺了解她的嘛，还有……听你这话的意思是说，我长得吓人还怎么？不就是笑一下，还能把她给怎么着？"

肖震鹭纯粹就是故意挑刺，反正他早就看这班长不顺眼了，一天到晚管这管那，比居委会的大妈还烦。

宋之若也不知道自己究竟是怎么惹到了肖震鹭，一时间想不出该以怎样的话来反击。

气氛突然变得紧张起来，空气中像是有无形的硝烟在弥漫，一触即发。

本已经被吓傻了的温纯如却一脸呆萌地点着头，即便没说话，也能让人知道她所表达的意思是：你真的很吓人。

本已降到冰点的氛围突然被解化，眼神冷到极致的肖震鹭目光再度回到温纯如身上。

而后，又是意味不明地一笑。

这下好了，温纯如几乎就要被他这一笑吓得钻进灌木丛里。

一直沉默不语的郭嘉豪像是看够了戏，终于找回了自己的存在感，却是一开口便怼肖震鹭：“就是，长得丑就别乱笑，吓到人了你能负起责吗？”

肖震鹭：“……”

温纯如这边，几个男生正怼得欢。而暮瑟那头，苏峦青却在用单车上演生死时速。

他就像个机器人一样，不停地蹬着踏板。

直到现在暮瑟都还紧紧搂着他的腰，苏峦青现在可别提有多美滋滋，眼睛几乎眯成了两条线。

没了那群电灯泡的打扰，他终于不用玩命似的蹬着车，无比悠闲地踩着踏板，仿佛他这趟不是上学，而是去郊游。

许是心情太过愉悦，他不自觉地哼起了歌："我想和你骑单车，我想和你看棒球，想这样没担忧，唱着歌一直走……"

暮瑟仰头坐在后座吹风，风里有他校服衣上清冽的洗衣液香，有他断断续续不时忘词走调的歌声。

暮瑟眯着眼睛笑，习惯性地数落他一番，和着他的歌声一起唱：

我想带你回我的外婆家

一起看着日落，一直到我们都睡着

我想就这样牵着你的手不放开

爱能不能够，永远单纯没有悲哀

我想带你骑车

我想和你看棒球

想这样没担忧，唱着歌一起走

我想这样牵着你的手不放开

爱可不可以，简简单单没有伤害

你靠着我的肩膀

你在我胸口睡着

……

那天以后，苏峦青每天都这样载着暮瑟上学下学。

明明是六个人一起走，最后总能变成他和暮瑟的独处时光。

男生也会有自己的小心思，载着暮瑟的时候，苏峦青时常会使坏，总是一会儿慢慢骑，一会儿又突然加速，吓得暮瑟尖叫声连连，紧紧搂住他的腰，这时候从未欺负过暮瑟的他会忍不住畅声大笑，在暮瑟一片尖声叫骂中冲下高坡，再缓缓地蹬着车，就像日本纯爱漫画里画的那样。

时光飞快流逝，转眼又是周五，风中凌乱的暮瑟木着脸下了车，苏峦青笑眯眯地低头给她整理头发，夕阳的余韵恰好洒在他脸上，有种异样的暖。

暮瑟正在气头上，才不会被美色迷花眼，气鼓鼓地瞪着苏峦青，一拳砸在他胸口上。

苏峦青也不躲，仍是笑眯眯的，替暮瑟整理头发的动作越发温柔。

这时候，被苏峦青一下甩得老远的四人终于都骑车追了上来。肖震鹭、郭嘉豪抿着嘴憋笑，宋之若则载着温纯如慢悠悠落在最后。

不知道从什么时候开始，温纯如便已坐上了宋之若的单车后座，暮瑟发觉这一问题的时候已是很久以后。

一股说不清道不明的情绪在暮瑟心中悄悄滋生。

她想，她应该是嫉妒着温纯如的吧，毕竟温纯如可以毫不遮掩、大大方方地坐上宋之若的单车后座。

上学的时候，暮瑟也曾拐着弯抹着角去问温纯如是不是喜欢宋之若，温纯如不曾细说，只是她的表情，她浮现在眼角眉梢上的娇羞怯意都在替她做无声的回答。

第三章

见不到你多煎熬 ▼

那么喜欢又是什么呢？
是他天不怕地不怕，唯独
就怕他的小姑娘。

01.已分不清，你是错过的友情还是错过的爱情。

暮瑟甚至都不知道温纯如究竟是何时喜欢上了宋之若，更后悔自己没能早些告诉温纯如自己的小心事。

可转念一想，她即便告诉了温纯如，结局也不会有任何改变吧？

难道她还能勒令温纯如不去喜欢宋之若？

温纯如的心思暮瑟已猜了个透，至于宋之若，她从来都看不透。

他这样的人像是对谁都好，对谁都一样，以至于与他单独相处的时候总能生出一种“我对他来说一定是个特别的存在”的错觉。

这天，在所有人都下了车，立成一排站在小区门口等的时候，温纯如才与宋之若姗姗来迟。

温纯如笑起来的时候从来都是腼腆又羞涩的模样，在宋之若面前却笑得异常自信璀璨，眼睛里像是有无数的星光在闪。

而搀扶着温纯如下车的宋之若，他的眼神是一如既往的温柔，却又有什么地方不太一样。

可究竟是哪里不同呢？

暮瑟垂着眼睫静静地想。

有个答案呼之欲出，可她不想去深究。

其实她也不是不明白宋之若从前那么多次有意无意往她身边瞥，其实是在看温纯如，只是她从来都不肯承认，较着劲在自欺欺人。

暮瑟突然变得很难过，整个人都有些失落。她不禁在脑中回想，自己究竟是从什么时候开始喜欢宋之若。

记忆渐渐掠回从前。

一切的开端大抵正是一年前那个夕阳瑰丽到令人心醉的傍晚吧？

天空上浮着的白云一点一点勾回暮瑟的思绪。

她还清楚地记得，那天恰是她搬入这个小区的第二天，却是她第三次在这附近迷路。

天空像是被火点燃，一路燃烧到天际的尽头，放眼望去，除了红还是红，深深浅浅连成一片，又像是被人一口气打翻了所有红色水彩。

她的手机早已因没电而关机，偏偏又过于依赖身边人，连自己新家的地址都没能好好记全。

她与宋之若便是在这时相遇。

许久以后再去回想，暮瑟也只会感叹，喜欢上一个人大抵就是这样一件偶然的事，如果这时候出现的人是苏峦青而不是宋之若，或者说，她与宋之若的初遇就那么普普通通，在高中的教室里，那么，她一定不会生出这样的情绪。

暮瑟的思绪仍沉浸在往事里。

温纯如与宋之若已挥着手和她说再见，就连郭嘉豪与肖震鹭也不知道什么时候突然消失不见，最终只余她和苏峦青依旧站在原地。

率先打破沉寂的是苏峦青，他低头看了一眼手机：“阿姨又给我发消息了，她说冰箱里还有剩菜。”顿了顿，他又补充了句，“不过，你还是来我家吃晚饭吧。”

暮瑟仍未回过神来。

她这场暗恋算是什么呢？

一朵尚未来得及开放就已经凋谢的花？

为什么会这么难过？

明明都没有谈过恋爱，明明都没有确认一切，她怎么就觉得自己像是失恋了？

苏峦青又把同样的话重复一遍，暮瑟这才抽回心神，她愣了好一会儿，才说：“我还是回家吧，这周作业有点多，而且还有稿子没改完。”

暮瑟从来就不是个会为作业多而耽误吃饭的人，之所以这么说，不过是因为她此时此刻只想一个人静静地待着。

果然如苏峦青所说一样，暮母在冰箱里留了剩饭，暮瑟热好饭菜，随便吃了两口就进了房间。

她的脑袋里依旧很乱，她上次写的短篇故事已经投出去，至今未收到回复，在苏峦青的建议之下，她将那个短篇故事改成了长篇。

这个长篇故事是当下正流行的穿越文，格局又弄得十分庞大，暮瑟觉得，她要是生在古代，一定会是个威风凛凛的侠女。

写故事的时候，她的思绪总是很流畅，可今天却莫名烦躁、堵塞。

不论如何都无法静下心来进入状态之中，烦躁极了的她索性阖上本子，摸出一本《九州志》。

暮瑟之所以知道《九州志》还是因为苏峦青一直有买着看。

起初，她不过是喜欢里面那些英雄人物的插画，渐渐地，那些离奇而磅礴的故事也统统被她看了进去。

其实，最开始的时候看惯了少女言情的她是看不进那些深沉又烦闷的文字的，可如今，她却养成了一个习惯，一旦觉得烦了闷了，就翻几页《九州志》来看。

也正因她翻开了许久不曾翻阅的旧书，一些往事就此跃上心头。

她还记得自己看的第一个《九州志》里的故事是江南的《商博良》。

那是一个于她而言过于刺激的冒险故事，凑巧的是，她看的时候又恰好是深夜，于是大晚上吓得睡不着的她不停地给苏峦青发着消息，结果，“恶意骚扰”良家少年的她倒是枕着手机睡得香甜，被骚扰者苏峦青反倒一夜未眠。

一想到这里，她就忍不住笑了。

手机屏幕也恰巧在这时亮起，是苏峦青发来的彩信。

没有文字，只有一张图，一碗显然精心摆拍的鸡翅。

暮瑟抿了抿嘴，心口不一地回了一行字：“这是想勾引我？拍得可真丑。”

苏峦青却在网络那头撒着娇：“哎，你就夸夸我呗。这道雪碧鸡翅可好吃了，真的，不骗你。”

暮瑟没回话。

对话框里又弹出苏峦青发来的消息：

“想不想吃呀？”

“想不想吃呀？”

“想不想吃呀？”

一连三行同样的话。

暮瑟又一次抿着嘴，无声地笑了，她本想再多打击苏峦青几次，尚未来得及回复，对话框里又弹出了新的消息：

“你到底想不想吃嘛，想吃我就给你送来呀。”

暮瑟明明笑得嘴都咧开了，却仍在摆谱装高冷，只回了两个字：“并不。”

屏幕那头的苏峦青看到暮瑟回复的消息，又一次笑得像个傻子似的，他甚至都能脑补到暮瑟那想吃偏偏又要傲娇的表情，明明鸡翅、牛肉、大虾是她最爱的三样东西，她又怎会不想吃？

苏峦青的笑容凝在唇畔化不开，他不曾在对话框里打字回复消息，而是直接拨通了暮瑟的电话。

“喂，你这时候打电话过来是要干什么呀？”暮瑟带着那么一丝傲娇小鼻音的声音从电话那头懒懒地传来。

苏峦青凝在唇畔的笑越扩越大，他明明是在打趣暮瑟，声音却柔到了骨子里：“好了，别装了，你肯定想吃，我早就打好了包，连人带鸡翅站在你家门外了，赶紧开门来迎接小爷我呗。”

全然没料到会是这种结果的暮瑟微微一愣。

就在她愣神的那么一瞬间，胸腔那里像是有什么东西轻轻震动了一下，可那一下子的震动着实来得太快太过微弱，以至于她都在怀疑是不是自己出现了错觉。

她所不知的是，在她挂断电话的刹那，她脸上的笑容究竟有多璀璨。

那不是区区一份鸡翅所能换来的，亦不是一个宋之若所能办到的。

暮瑟其实并不任性，相反还能被称之为懂事，可不知道为什么，在苏峦青面前她总这么骄纵。

是有恃无恐还只因是习惯，彼时的她也不知晓。

苏峦青厨艺好，暮瑟很早以前就知道，只是已经分不清究竟是因他厨艺好她才经常去蹭饭，还是因为她经常去蹭饭他才练就了这样的好厨艺。

可有些事也正是这样，因果相连，缺一不可。

鸡翅约莫才出锅不久，掀开保鲜盒盖仍有袅袅蒸汽飘出来，八只鸡翅整整齐齐被码放在铺放了一层生菜叶的保鲜盒里，鲜明的色彩对比，一看就让人食指大动。

另一个保鲜盒里装的是暮瑟近期超爱的果蔬沙拉，懒得去厨房拿筷子的她随手捻起一只鸡翅，一口下去便满足地眯起了眼睛，就像一只餍足的猫咪。

苏峦青什么都不曾说，就这么坐在她身边，静静望着她笑。

暮瑟一口气啃完两只鸡翅才满足地抬起头来，这一下恰好对上苏峦青弯成月牙的笑眼。

她舔了舔食指，目光定在苏峦青脸上：“你傻笑什么？”

苏峦青冲她眨眨眼：“你猜呀。”

“猜你个头。”暮瑟舔完食指又舔了口拇指，继续用这两根手指捻着鸡翅吃，苏峦青则摇了摇头，拿出一副钢叉替她搅拌沙拉。

夏末初秋的夜很静，没有彻夜喧闹的蛙叫虫鸣，最寂静的时候甚至还能听到风穿过树梢的声音。

窗外有风绕过枝头，开满一整个夏天的广玉兰残花在风中轻轻颤，木樨结出新苞，绿叶与棕褐色的枝丫间钻出星星点点的嫩黄，暮瑟在啃鸡翅，他在拌沙拉，一切都是这么的美好。

他在心中轻声与自己说。

02. 热恋的时刻最任性。

上学的时光明明那么难熬，时间却像被人偷走了一样消失得莫名其妙。

眨眼间，九月就只剩一个小小的尾巴，而十月，即将到来。

十月意味着什么?

有连放七天的超长假，有明明是上课期间却不用上课还能好好玩的校运会。

这般美好的一个月份叫人怎能不去期待?

生活不会这般放任自由任你一帆风顺，美好的事物到来之前总会有一番波折和考验，享受假期之前还得经历一场月考。

暮瑟整个人都有些不好了，一如从前那样，又开始临时抱佛脚。

暮瑟长了一张乖乖好学生的脸，学习成绩却常年游离在学渣与学弱之间，反倒一天到晚吊儿郎当的苏峦青是个正儿八经的学霸。

一说起这个，暮瑟就好气，明明打上幼儿园开始他俩就是同班同学，她认真上课做笔记，他睡觉看小说吃东西，偏偏他还总是班级第一年级前几。

人比人啊，还真是气死人。

不过，也正因如此，每逢考试暮瑟都要拖着苏峦青给她补习。

和从前一样，苏峦青收拾好东西直接住在了暮瑟家，每天给她补习。

时间一天一天过去，眼看考试日期就要逼近，暮瑟还是没能将数学搞定，这不能怪苏峦青，要怪只能怪暮瑟自己上数学课时老开小差。

考数学那一天的天气一如暮瑟的心情。

天空灰蒙蒙的一片，云层压得很低，不时有闪电在云层间穿行。

上一堂是考英语，监考老师前脚才出教室门，暮瑟便拿出自动铅笔，在深咖色的木桌上抄公式。

自动铅笔的印记很浅，还会反光，课桌的颜色又深，不是凑近了看，很难发现上面的小抄。

她马不停蹄地狂抄公式，当所有的公式都密密麻麻铺在桌面上之时，铃声又响了起来。

暮瑟缓缓吁出一口气，静静等待监考老师将试卷发下来。

暮瑟在第五考场，整个考场只有她和肖震鹭两个是同班同学，而肖震鹭那货又好巧不巧地坐在了她前排。

铃声响完已有足足两分钟，暮瑟前排，也就是肖震鹭的位置仍是空的。

暮瑟虽跟他不熟，可也好歹是同班同学，更何况还有苏峦青这个共同好友。

她微微皱起了眉，难免有些担忧。

就在监考老师拆开牛皮纸裹着的试卷，准备发下来的时候，走道外突然匆匆跑来一人，在第五考场外稍稍一顿便跑了进来。

当暮瑟抬头看清那张脸时，毫不夸张地说，心脏几乎就要停止跳动。

那不是别人，分明就是苏峦青啊！

眼看苏峦青距离自己越来越近，暮瑟几乎就要控制不住地从椅子上弹起来。

苏峦青却像个没事人一样，泰然自若地坐在了本该由肖震鹭来坐的位置上。

暮瑟要是还不明白，苏峦青这是来替肖震鹭代考，那她大概就是傻子了。

这堂考试的监考老师不是本班的，苏峦青显然是早就打听好了，有备而来，也不怕自己会露馅被抓。

墙上的挂钟一秒一秒地移动，教室里静悄悄的，只余监考老师的踱步声以及笔尖划过纸面的细响。

暮瑟左手托腮，右手捏着笔，一副苦大仇深的表情，狠狠瞪着桌上的数学试卷。

这场考试还剩最后半小时，她的考卷上却仍留有大片空白。

明明考前她还记得那些公式分别要怎么用，试卷一发下来，她那被知识点装得满满当当的脑袋就像突然被人抽空了一样，不过一瞬之间，脑袋里的数据统统自动清零。

不同于以往的月考和摸底考，进入高中的这第一场月考成绩可是得见家长的，班主任说过，国庆后成绩下来就是家长会。

暮瑟的绝望，没人知道，心灰意冷的她甚至都已经开始在脑内排演悲情小剧场。

故事刚刚发展到，她独自一人拖着硕大的行李箱，告别家里来到一家黑工厂，砖还没搬上几块，她的桌子便一阵轻晃，与之一同传来的，还有苏峦青的几声咳嗽。

暮瑟的思绪立即从脑内小剧场中抽出，面带几分疑色地瞥了眼前方，只见坐她前桌位置的苏峦青正大大方方地举着卷子，在她眼前晃啊晃。

以暮瑟对苏峦青的理解，她又怎可能不知道苏峦青那货究竟打着什么主意。

暮瑟先是一愣，隔了足足三秒，才意识到，一个怎样的机遇被人大刺刺地摆在了自己眼前。

一想到这里，暮瑟几乎就要忍不住仰天狂笑三声。

久旱逢甘霖啊！

强行憋住笑的暮瑟硬生生用自己的意志，收回那几乎就要咧到耳朵根子的嘴角，努力佯装淡定，并且摆出一副不经意的模样，偷偷瞥着苏峦青的试卷。

苏峦青这货人虽然不怎么靠谱，学习成绩倒是真好到天怒人怨。

苏峦青时常挂在嘴上的一句话是："哪怕只看到你一根头发丝，我都能给猜出，你脑袋里究竟在想什么。"

从前听到这话的时候，暮瑟十分不以为然，而今只觉得这货还真有做她肚子里蛔虫的天赋，试卷摊开的这一页恰恰好是她的重灾区，但凡她不会做的题，他的字迹都明显比旁的工整许多，大抵是为了让她抄得更方便。

某种程度来说，苏峦青那二了吧唧的皮囊下，倒是藏了一颗还算得上是细腻的心。

暮瑟甚是满意，抄得越发卖力。

她这不抄得正欢呢，一题尚未抄完，苏峦青那货却冷不丁将试卷给翻了个面，速度之快令人咋舌，暮瑟压根就没能闹明白究竟发生了什么，监考老师就已悄然逼近。

那一瞬间，暮瑟心脏都快跳到了嗓子眼，她竭力控制住自己的情绪，使自己看上去显得不那么心虚。

她的手仍在抑制不住地颤抖，演戏若真这么容易，岂不人人都是演员了。

相比较暮瑟，苏峦青这货倒是一派从容淡定，俨然一个资深老戏骨，脸不红心不跳，有条不紊地查阅着自己的试卷。

苏峦青纵然演技不错，却也逃不过监考老师的火眼金睛。他一把抄起苏峦青的试卷，微微沉着脸："你在干什么？"

苏峦青则跷起他那双无处安放的大长腿，一副吊儿郎当的无赖样："检查试卷啊……"尾音拖得老长，隐隐透露出一丝不耐烦来，不知道的还以为那监考老师真耽误他检查试卷来着。

监考老师深深望了苏峦青一眼，目光又瞥向暮瑟，说："那你呢？你又在干什么？"

监考老师问暮瑟话的时候，语气中已透露出一丝严厉。

暮瑟本来就心虚，再遭监考老师这么一吓，眼泪都快飙出来了。

暮瑟她天不怕地不怕，唯独就怕老师，这大概是每个学渣的一块心病吧，反正就是改不了了。

她强行憋回已经在眼眶中打转的泪水，瑟瑟发抖地说：“做题……”

这监考老师也并非是个完全不通人情的主儿，他不再追究这件事究竟该由谁来承担责任，也不曾继续与暮瑟、苏峦青二人周旋，只一声不吭地收走了苏峦青的试卷。

寻常人遇上这种事，大抵都会收拾好自己的东西，乖乖走出考场吧，可苏峦青这货呢就是不怕死，不但从监考老师那儿强行抢回了自己的试卷，还一脸嚣张地反咬一口：“收卷时间还没到，老师您不该收我的卷子吧？”

那监考老师大抵是真忍到了极致，光亮的脑门上明显有几根青筋在突突跳动。

苏峦青这货却嫌事惹得不够大，甚至还将自己重新抢回来的试卷整理平顺，重新铺在课桌上。

苏峦青的这一系列举动于监考老师来说，无疑是挑衅。全然顾不上还有诸多考生在场的他奋然拍桌，咬牙切齿地拎住苏峦青的衣领：“你给我出去！”

苏峦青从来就是个横行霸道惯了的主儿，监考老师脸红脖子粗，他也不遑多让，睁大一双眼狠狠瞪着那监考老师，要不是顾忌会连累到暮瑟，恐怕他早就一拍桌和监考老师怼起来了。

03. 你是我唯一想要了解的了解。

暮瑟是真尿了，见苏峦青依旧不肯退让半步，她急了，也不管自己现在正在考试，一把拉住立马就要暴走的苏峦青，出声警告：“峦青，你听话，赶紧出去吧。”

苏峦青憋着一股狠劲，态度倒是缓和不少，却仍与监考老师僵在那里。

暮瑟只知道苏峦青这是在作死，哪晓得他究竟在想什么。

他这人脾气是真不好，却也没蠢到真去和监考老师吵架，无非还是在担心暮瑟，怕自己走了，她那张卷子就真都给空下来了。

考前他给暮瑟做了整整两周的辅导，比暮瑟本人都还要清楚，哪些题是她会做的，哪些题是她不会做的，正因如此，他才会加快做题的速度，空出最后的半小时给暮瑟来抄。

见苏峦青毫无要出去的打算，暮瑟只觉头大，她幽幽地叹了口气：“怎么？连我都劝不动你了？”

苏峦青又朝那监考老师瞪了一眼，才终于妥协。

他不是不懂那些道理，不过是担心暮瑟。

暮瑟的出声倒是提醒了他，他今天若真把这件事给闹大了，到头来总会波及暮瑟，至于强行被他代考的肖震鹭究竟会怎样，他压根就没去考虑。

苏峦青撂下试卷径直走了出去。

暮瑟的心仍在怦怦直跳。

苏峦青刚刚闹出的动静可不小，即便他听话地走了出去，暮瑟仍是担心，监考老师会不会放过他。

大抵是暮瑟的目光太过炙热了，监考老师有所察觉，撇头看了暮瑟一眼。

他非但没在苏峦青的试卷上标记号，反倒朝暮瑟露出了个微不可察的笑，像是在无声地安抚她。

如此，暮瑟悬在心间的石头才终于落地，重新握起笔，继续做题。

时间一分一秒地过去，眼看这场考试只剩最后五分钟，暮瑟的试卷仍有大片空白。

她心中五味杂陈，莫名又湿了眼眶。

和先前那次不同，这次，是急出来的。

最后的五分钟 晃而过，铃声响起，监考老师即刻让学生们起立，收拾东西走出考场。

暮瑟心如死灰，魂不守舍，几乎是用飘的从考场里出来。

她前脚才踏出考场，一直在外守候的苏峦青就屁颠屁颠地扑了过来。

他左手拿着暮瑟最爱喝的芦荟酸奶，右手端着用保鲜盒装好的切块水果，像狗腿子似的直往暮瑟身上蹭："累不累？累不累？先吃水果还是先喝酸奶？"

暮瑟还是没能抽回魂来，她缓缓摇了摇头，好似被霜打蔫了的茄子，蔫巴蔫巴的："没心情吃。"

平日里的暮瑟可活泼着，又哪是这副德行。

苏峦青不禁脸色一变："你这是怎么了？难不成我走了之后，那监考老师欺负你了？"

苏峦青这人，典型的变脸比翻书还快，尾音还没落下呢，就露出了一副凶神恶煞的表情来，倒真是应了暮瑟那句话，他要是生在古代，必然是一方恶少。

暮瑟一看到苏峦青那表情就知道，他铁定正在肚子里酝酿什么坏主意，立马瞪了他一眼，出声警告："少瞎想！人家老师已经很包容我们了，还有，以后不准再这么惹事了，省得你爸妈又找我谈心。”

被暮瑟戳破心事的苏峦青只得撇撇嘴，颇有那么几分无奈地说：“哟哟！在你心里我别是个熊孩子吧。”

暮瑟考砸了，没心情搭腔，只朝苏峦青翻了个白眼，又继续向前走了几步。

苏峦青人高腿长，纵然暮瑟都已经走了好几步，他迈开大长腿，一步便追上，兀自锲而不舍地追问：“哎，你没事吧？真考得这么差？”

暮瑟心情却是不太好，苏峦青问起这话的时候，她简直哀怨又彷徨：“嗯……你觉得我可能做不出的题，我果真都没做出来。”

听到这话，一直聒噪无比的苏峦青顿时陷入沉思，暮瑟也懒得搭理他，加快步伐飞快往前走。

可苏峦青的沉默也就维持了那么一小会儿，见暮瑟越走越快，他亦加快了步伐，甚至还习惯性地揽过了暮瑟背在背上的书包。

被苏峦青触碰到的暮瑟足下一顿，反手按住自己的包带：“不用了，我今天想一个人静静。”

苏峦青在暮瑟面前向来不要脸，人家暮瑟都已经这么说了，他还能自顾自地将暮瑟的手一根根轻轻从包带上剥开，并且十分轻描淡写地说了句：“你妈给我发短信了，她和叔叔今天回得晚，让你去我家吃饭。”

暮瑟仍是一副蔫了吧唧的样儿，听到这话，也只撇了撇嘴，轻声念叨了一句：“他们怎么每次都这样，到底谁才是他们亲生的啊！每次都给你发消息是几个意思？”

暮瑟这话绝对有迁怒的意思，平常她爸妈也都这样，也不见她有半分不满。

苏峦青倒也猜得透她的心思。

他的眼睛从头至尾就没离开过暮瑟的脸，从她一脸沮丧到满脸怨怼，整个过程尽收眼底。在暮瑟面前，他从来都是一副不正经的无赖样，这次难得露出了温柔的神情：“发给我不也一样吗？又有什么关系呢？”

暮瑟懒得跟苏峦青解释自己究竟是哪里不满，反正在她心中苏峦青就是个傻不拉几的二愣子。

暮瑟与苏峦青打小便认识，两人家虽住得不近，可每次都是一起坐苏家的车上学下学。

也不知究竟是今天路上接送的家长太多了还怎的，向来准时的苏家司机何叔迟迟未到。

苏峦青则再一次从书包里掏出酸奶以及水果，笑眯眯地望着暮瑟:“饿了没？吃点呗。给我点面子嘛，好歹也是我亲手切的水果，亲自带的酸奶呀。”

暮瑟现在是真没心情吃东西，撇着嘴挑刺：“我想喝可乐吃薯片。”

苏峦青只当暮瑟是在撒娇，动作利索地打开保鲜盒，随手叉了块水果往暮瑟嘴里送，神色依旧温柔：“你还是乖乖吃我的水果吧，吃多了垃圾食品长不高的。”

身高是除数学外，暮瑟的第二大痛处。

暮瑟恶狠狠咬住那颗被对切成两半的草莓，没好气地翻着白眼：“不准再拿我身高说事！”

“好好好，不说就不说呗。”苏峦青又叉来一块芒果递过去。

这次被暮瑟侧头躲开，她轻声嘟哝着：“我自己有手。”便抄起另一根果叉，埋头对付保鲜盒里琳琅满目的水果，苏峦青则目光宛如慈父，从头至尾都笑眯眯地望着她。

等暮瑟将这一盒吃得差不多了，他才又开口说了句：“还是因为考砸了心情不好？”

暮瑟嘴里正含着一块火龙果，只发出个单音节：“嗯。”

苏峦青表情不变，又用空出的那只手揉了揉暮瑟的脑袋：“开家长会就开家长会，大不了我替你爸来开呗。”

暮瑟的头发很软，轻轻擦过苏峦青的掌心，莫名地让他联想到毛茸茸软糯糯的小白兔。

暮瑟这性子又哪里像小白兔，小野猫还差不多，一天到晚张牙舞爪的。

即便如此，在苏峦青看来，这世上也没有人能比她更可爱。

换作平常，暮瑟一定会拧着脖子躲开，气势汹汹地吼上一句“拿开你的咸猪手！我之所以长不高，一定就是被你给摸多了”，今天的她倒是一反常态，依旧耷拉着脑袋埋头吃水果，越发像一只垂着耳朵的小白兔。

苏峦青沉默不语，知道她这次大抵是真受了不小的打击。

暮瑟父母忙着做生意，常常不在家。

苏峦青父母忙着出差处理公务，也是一年到头见不着人，暮瑟几乎可以说是被苏峦青一手喂大的。

这所谓的“喂”自然是字面上的意思。

打暮瑟有记忆以来，身边就有了苏峦青这么一号人，两人父母既是世交，二人自然也就是玩着泥巴一起长大的青梅竹马。

只不过暮瑟记性差，从来也没对苏峦青有多上心，只将他视为一个普普通通的玩伴。

于苏峦青来说，“暮瑟”不仅仅是一个名字，一个符号，那两个看似简单的字符组合成了暮瑟。他的小姑娘，是贯穿他的童年，包含一切快乐的源泉。

苏峦青记忆中与暮瑟的初遇是在五岁半那年。

犹记得那天下了很大的雨，他终于住进了念叨许久的新家。

暮瑟便是在那天进入他的生活，闯入他的视线。

自那以后，那个理着平头、走路虎虎生风的小姑娘便这般融入了他的生命，成为他记忆中不可磨灭的一部分。

她笑，他陪她笑；她哭，他急得上蹿下跳，再想尽办法去逗她笑。

也就从那时开始，他的人生才像找到了正确的打开方式。

于是，他时常在想，遇见暮瑟，一定是全世界最美好的事。

凭心来说，苏峦青的的确确是个让人不省心的孩子，凑巧的是，暮瑟恰恰好也是这么一个姑娘，别看她长得乖巧，不说话不闹腾的时候活像只软绵绵的兔子，折腾起来可真要人命，两熊孩子野成一块，四处拉帮结派，不是上山爬树掏鸟蛋就是下河游泳捞鱼，大人们稍不留神，连房子都能被这两祖宗给联手拆了。

值得庆幸的是，暮瑟虽野，到底也还是个女孩子，到了青春期自然就开了窍，和寻常的小姑娘一样穿上了裙子蓄起了长发，内心或许还是那个“狂野不羁”的假小子，外表却俨然已是个小甜豆，本就长得乖巧的她越发具有欺骗性，如此一来，苏峦青便几乎天天和别的男生打架，谁让他们招惹暮瑟呢。

只是，暮瑟开窍开得晚，傻了吧唧的，总叉着腰以家长的姿态来教训苏峦青。

苏峦青哭笑不得，也只得耷拉着脑袋，任凭暮瑟训话。

谁叫他天不怕地不怕，唯独就怕他的小姑娘。

04. 我喜欢的样子你都有。

世上既然存在天才一词，那么自然也就存在天赋一说。

而苏峦青显然就是个在料理方面有着十二分天赋的天才。

暮瑟第一次吃到苏峦青亲手做的菜，是在八岁那年。

那时候，一直对炒菜这种事跃跃欲试的苏峦青终于逮住了个机会，颠着锅握着铲炒出了人生中第一盘菜——番茄炒蛋。

暮瑟很幸运，没有被毒死，当然也没被盐齁死，就着半碗番茄炒蛋呼呼吃下一大碗米饭，末了，将碗一撂，说了两个字：“好吃！”

苏家的烧饭阿姨就这样丢了自己的饭碗。

当然，苏峦青这货也不是真勤快到每一顿饭都自己亲手做，唯有暮瑟发话想吃的时候，他才会撩起袖子小露一手。

暮瑟自打进了苏家的门就一直都在发呆，苏峦青则甩下书包去了厨房。

苏峦青肩宽腿长，颠勺的样子十分潇洒好看，就像偶像剧里演的那样。

暮瑟无暇去观赏，像条咸鱼似的瘫在了客厅的沙发上。

半小时后热乎的两菜一汤轮番上桌，两眼呆滞的暮瑟空洞的眼睛里才终于有了一丝神采。

苏峦青凑近，掐了掐她脸上的肉肉：“菜都上桌了，还发什么呆呢？赶紧吃呀，鱼汤凉了可就腥了。”

暮瑟唉声叹气地端起碗：“你说……我要是真考砸了，该怎么办啊？我妈还不得揍死我！”

不知怎的，苏峦青一瞧见她这副小样儿就莫名想笑，她沮丧的样子，果真像极了一只耷拉着耳朵的小兔子，令人忍不住想去揉一揉逗一逗。

苏峦青强行压制住自己想要去逗弄暮瑟的心思，往她碗里舀了一大勺鱼汤。

鱼肉白腻嫩如凝脂，鱼汤浓郁似牛乳，不管怎么瞧怎么看，都令人食指大动。

暮瑟最爱喝鱼汤，禁不住这样的诱惑，哪还管考得好不好，总之，先填饱肚子再说。

暮瑟闷头喝了两碗鱼汤吃了一碗饭，饭后没说一句多余的废话，只与苏峦青打了个招呼，便拎起书包，像朵结着哀愁的丁香花姑娘似的飘了出去。

苏峦青瞥了眼桌上被扫空的饭菜，心道："看来心情也不算太差，至少还吃得下东西。"

苏峦青这般想着，却是万万没想到，自己还有判断失误的时候。

他本以为暮瑟也就惆上那么一两天，又岂料到，自那天以后，整整七天他都没再见过暮瑟。

她就像是突然人间蒸发了一样。

电话也不接，QQ 消息也不回，仿佛世间再也没有暮瑟这个人。

苏峦青怎么会不急。

无数次杀上门去找暮瑟，次次铩羽而归。

从前天天都能见到暮瑟，几乎时时刻刻都与她腻在一起。

而今暮瑟突然玩起了失踪，身边少了一个人，没有人跟他一起疯，没有人跟他一起闹，他只觉心里空荡荡的，莫名地不习惯。

他不像暮瑟那么傻，他从来都看得清自己的感情。

他虽仍不懂什么是爱情，却已知道什么是喜欢。

那么喜欢又是什么呢？

是想到她，就忍不住笑。

是见不到她，便觉煎熬，开始胡思乱想。

苏峦青再见暮瑟，是国庆节的最后一天。

彼时的苏峦青三番五次被暮瑟挡在门外，听暮瑟妈妈说，这些天她都一个人闷在房间里，饭倒是正常吃了，只是连他们也都几乎见不到她的人影。

苏峦青心中对暮瑟受到伤害值有个划分等级，只要她仍不忘吃饭，他便能放下心来，不再天天挂念着她。

那天恰好有两个哥们约苏峦青出门打球，打得正畅快，暮瑟却突如其来地出现。

她顶着两个硕大的眼圈，像只鬼似的飘到了苏峦青面前。

苏峦青手一抖，险些失手把暮瑟当篮球筐给砸了。

她却神色恍然，仍是一副游离在六界之外的状态。

苏峦青皱了皱眉，要说的话尚在舌尖打着转，暮瑟二话不说，掏出个本子直接往苏峦青怀里塞。

这场变故来得太过突然，不仅仅是苏峦青愣住了，连同与苏峦青一同打球斗牛的俩哥们郭嘉豪和肖震鹭都蒙了。

暮瑟一改呆滞的表情，龇着一口白花花的牙，笑得那叫一个惊心动魄。

苏峦青再明白不过，每当暮瑟这么笑，就准没好事。

他倒是早已习惯，那俩哥们着实被暮瑟笑得浑身发毛。俩人同时抖了抖身子，不约而同拿起了被搁置在一旁的水，仰头灌了下去。

笑够了的暮瑟便在这时开口，信誓旦旦道：“我想好了，我不是读书的料，实在不行，以后就靠写小说谋生吧！”

暮瑟这等豪言壮语不亚于一个路人级别的普通女孩信誓旦旦地拍着胸口说：“实在不行，我就去混娱乐圈！”

原本好端端在喉咙里奔腾的矿泉水全都“噗”的一声被喷在

了地上。

相比较俩哥们的吃惊，苏峦青就淡定到不行，他非但没喷，也没露出震惊脸，还翻开了那个本子，认认真真看了起来。

见俩哥们依旧像个木头人似的杵在原地，他又抬起了头，以眼神威胁，非逼着人家和自己坐成一排，欣赏绝世珍宝似的，翻看起暮瑟写的小说。

凭良心来说，暮瑟那小说还真不知道写的是啥玩意儿，像白开水流水账也就算了，还勉强能忍，最令人无语的还是它里边的剧情，已经完全不知道该以怎样的言语来形容。

仅仅是看了个开头而已，俩哥们就已经露出了错综复杂的神情。

又过半小时，俩哥们几乎要看到晕厥，一片马赛克呼啦呼啦在脑子里轮转，显然已经看到神志不清了。

而一直低头细品的苏峦青也终于阖上那个本子。

俩哥们勉强拉回魂来，与暮瑟一同睁大了眼，齐刷刷地盯住他。

苏峦青露出副意犹未尽的表情，开口便是夸：“写得好！真的好看！”

一旁不敢作声的俩哥们默默对视一眼，同时陷入沉思，怕是已经对苏峦青精湛的演技佩服到五体投地。

暮瑟露出了久违的笑容："真的啊？真的啊？"

苏峦青郑重其事地一颔首："如假包换，比真金还真。"

暮瑟凝在嘴角的笑意越扩越大。

苏峦青一手托腮，一手拿着本子："这个故事的结构很特别。"

能不特别嘛，我长这么大还是头一次看到这样写小说的。肖震鹭双手环胸，默默地在心中吐槽着。

"还有……"苏峦青顿了顿，又接着夸，"叙事方式也很独特。"

这次轮到郭嘉豪diss，他不比肖震鹭，脸上笑嘻嘻，心里不以为然，直到现在，都还是一脸嫌弃，然而还是迫于苏峦青的淫威，不敢当面吐槽，只能在心中暗骂：只有作者本人和个别脑残粉能看懂的叙事方式，能不独特？

总的来说，暮瑟这异想天开的想法几乎无人看好。

其实她也不傻，又何尝不知道自己究竟有几斤几两，不过是在苏峦青这里寻找认同罢了。

有些时候就是这样，即便知道对方不过是拣些好听的话来鼓励你，你也仍能从中受到鼓舞。因为，你知道，起码还有人愿意听你唠叨，你的努力和那些在旁人看来不切实际的幻想，在他眼中并不可笑。

不需要再做多余的事，于暮瑟来说，有这样一句话便够了，足以支撑着她一直写下去。

暮瑟眉眼弯弯，准备从苏峦青手中抽回那个本子。

苏峦青却没松手，将那本子抓得更紧了："等等，其实里面也还有不少小毛病，你先别急着拿回去，我给你标几个批注，明天再还给你。"

暮瑟没有拒绝。

她熬了好些天的夜，本就困到无法自理，而今该做的事也都已经做完了，困意再度袭上来。

"唔，好。"她声音变得软软的，也不再多做停留，转身便走。

她的步伐很轻很快，不像刚来时像鬼一样飘飘然的，苏峦青望着她渐渐远去的背影，失笑着摇了摇头。

直到再也瞧不见她的背影，一直呈看戏状的郭嘉豪方才扭回脖子，盯着苏峦青，弱弱道了句："你知不知道，有个词叫'捧杀'？"

郭嘉豪是个耿直 boy，正是如今常年被人 diss 的 24K 金纯直男。

在他看来，苏峦青这种无脑捧简直不可思议。

苏峦青十分不以为然，两手一摊："你知不知道，有个词叫'欣赏’？”

郭嘉豪直接傻眼，蒙了，他是真不明白，苏峦青究竟是在瞎捧，还是真欣赏暮瑟，转念一想，苏峦青若是真觉得暮瑟写的那些不知道是什么鬼的小说好，那么，也还挺吓人的。

苏峦青也懒得多说，刚刚那句话已经是他最大程度的解释。

暮瑟那个故事的的确确称不上好，可也只有他知道，相比较从前的那些，这个故事究竟有多大的进步。

她的努力，他一直看在眼里，那个从前病句连篇，连写一段话都觉困难的姑娘，如今已能将那些盘桓在心中的故事，完完整整以文字的形式阐述出来。

看着苏峦青宝贝似的拿着那本子走了，一直默不作声的肖震鹭才叹了气，拍拍郭嘉豪的肩，挑着眉头说：“你知不知道，有个词叫‘偏爱’，还有个词叫‘独宠’？长点记性吧，兄弟哎。”

那是在迷弟迷妹这类词汇尚未被广泛运用的2008年。

而苏峦青俨然是暮瑟的头号迷弟。

不多不少，刚刚好。

苏峦青喜欢的样子，她都有。

第四章

多么拙劣的谎 ▼

要怪就怪他有个痴汉爸，
以至于将他一起同化。

01. 我顶着大太阳却想为你撑伞。

公布数学成绩的那天，阳光前所未有的烈，俨然又回到了夏天。

暮瑟的心却像被人丢在了冰水里浸，拔凉拔凉。

试卷被平摊铺放在桌上，得分栏上猩红刺眼的“56”不停地在暮瑟眼前晃动，刺激着她的神经。

她脸上苍白一片，耳朵一直在嗡嗡作响，连温纯如一直在旁边轻声喊她都没听见。

她觉得整个世界都仿佛崩塌，完全不知道该如何去面对。

放学的路上，坐在苏峦青单车后座的她整个人都有些心不在焉。

苏峦青从她脸上看出端倪，伸出手戳了戳她肉肉的脸：“瑟瑟，怎么啦？”

“唉……”暮瑟长叹一口气，无比颓败地垂着脑袋，“我怕是活不过今晚了。”

“啊？”不单单是苏峦青，就连距离暮瑟最远的温纯如和宋之若都被暮瑟这话给吓一跳。

不放心的苏峦青又问了句：“瑟瑟，你这到底是怎么了？”

温纯如一整天都和暮瑟待一块，也是最早发觉暮瑟情况不对劲的那一个，她纠结好久，才出声问了句：“是不是因为数学没考好啊？”

暮瑟微微颔首，旋即大手一挥，跳下车，头也不回地往前走，颇有一种壮士英勇献身的悲壮之感。

苏峦青连忙追了上去，只剩温纯如、宋之若、郭嘉豪、肖震鹭四人面面相觑。

暮瑟本来是要回家吃饭的，但数学考了个56，她连回家的勇气都没了，只得唆使苏峦青给她妈发短信，说她在苏家吃饭。

一路上，暮瑟都在叹气，苏峦青瞧着她这小样儿只觉可怜又好笑，等她情绪稍稍稳定住的时候，才开口问了句：“你现在准备怎么办？”

暮瑟将几乎就要埋在饭碗里的脑袋抬了起来，幽幽说了句：“凉拌，炒鸡蛋。”

“嗳，我是说正经的，你也不可能天天躲我家吧？总得想个别的办法。”

“哪有什么别的办法呀……”暮瑟丧气地搅着碗里的汤，搅着搅着她又想起什么似的，两眼骤然一亮，“要不，我装病？总不能病了还得挨揍吧，得多狠的爹妈才能做出这么丧心病狂的事！”

苏峦青右手手臂撑在桌面上，轻轻托着自己的下巴：“那你是准备装什么病？”

暮瑟眼珠子转了一圈：“感冒？发烧？”

“我觉得还是不太好。”苏峦青垂着眼帘，“你要是病了，叔叔阿姨得多心疼，还是换一个换一个。”

“啊……换一个的话，我也想不到别的了。”

“还真是不好想……”苏峦青又陷入了沉思，隔了好一会儿才说，“等等，你这次是考了多少分来着？把卷子给我看看。”

暮瑟乖乖掏出了试卷，一摊开，那猩红的“56”再一次刺伤了她的眼，她简直都没眼去看。

苏峦青不慌不忙地从自己书包里掏出一支红笔，在阿拉伯数字 5 上轻轻勾了一笔。

一张 56 分的卷子被他轻轻松松改成 86，这还没完，他又将卷子从头到尾都改了一遍，几乎所有能动的数字都被他动了一遍，如此一来，倒是真看不出破绽，除非暮瑟爸妈真有这个闲情逸致，将卷子从头到尾做一遍。

暮瑟喜笑颜开，末了，又觉苏峦青把这分数改得太高了，她爸妈又不是不知道她到底有几斤几两，打小学开始数学成绩就几乎没上过 80 分，更何况，她突然想起这次月考之后还得请家长来开家长会。

乐不过三秒的暮瑟立马又泄了气：“还是不行啊，这次得开家长会，啊！我们学校怎么就这么变态！哪有月考就开家长会的道理，不都是期中考以后的事吗！”

苏峦青也陷入了沉思。

又隔半晌，他提出了一个大胆的想法：“要不……我替你花钱请个人去开会？”

暮瑟没好气地朝他翻了个白眼：“又不是演电视剧，再说，哪个大人会为了这点钱去做这么没节操的事？”

暮瑟这话说得很有道理，苏峦青止不住地点头。

此时此刻，两人都陷入了一种莫名“忧郁”的境地，一同托腮趴在桌上思考这件事的解决方案。

不论苏峦青想出多少法子，最终都能被暮瑟摇头否认，到了最后，苏峦青只剩托着腮帮子叹气，而暮瑟也显然不想继续与苏峦青商讨这一问题。

这件事便这么不了了之，往后的几天都无人再提起。

三天后，也正是众所期待的周五那天，最后一节自习课上，班主任丁老师再一次提起了开家长会的事。

在此之前，她提过好几次，不过暮瑟都不曾上心，也并没那个胆量去和自家老爸老妈说，怎么都没想到一下就给拖到了家长会当天。

暮瑟父母忙于做生意，很少在家，今天亦是如此，目测又得忙到深夜才能回。

直到现在暮瑟心中才有了那么一丝丝压迫感，整个人急得宛如那热锅上的蚂蚁。

班主任慢条斯理地在讲台上讲着今晚家长会的注意事项，暮瑟坐立不安地在椅子上不停地晃啊晃。

同桌温纯如察觉到她的异常，悄悄问了句：“瑟瑟，你怎么啦？”

暮瑟无比幽怨地瞥了讲台上的班主任一眼，才垂下眼睫，气若游丝地说了句：“我还没跟我爸妈说开家长会的事。”

温纯如登时瞪大了眼：“啊？不是吧！”

暮瑟现在也不知道该如何去与温纯如解释，满脑子都是四处飘毛的鸡毛掸子，她甚至都能预料到鸡毛掸子抽在身上的那种疼。

班主任仍在讲台上讲着晚上开家长会的事，暮瑟思索再三，还是没忍住给苏峦青发了条短信：“怎么办？怎么办？今晚就要开会了！要不……你替我爸妈上？”

苏峦青那边几乎是秒回：“这样真的好吗？”

暮瑟也知道这样当然是不好的呀，可除了这个现在还有什么别的办法能解决呢？

两人你一句我一句地聊了起来，却临近下课都未能讨论出个所以然来。暮瑟也是豁出去了，索性把心一横，这件事也就这么定了下来。

家长会定在晚上八点，暮瑟和苏峦青统共还有两个半小时的时间来做准备。

下课铃声一响起，暮瑟便跑得不见踪影，徒留温纯如和宋之若两人四目相对。

暮瑟与苏峦青商讨出来的结果很简单，甚至都可以被称之为幼稚。

不过就是让苏峦青穿上暮瑟爸爸的衣服，特意乔装打扮一番再去参加家长会。

他们之所以能产生这样一种自欺欺人的错觉，锅还得甩给各路电视剧，真以为换身衣服整个世界都认不出他们了。

一个半小时后，西装革履、头上起码抹了一整斤发蜡的苏峦青粉墨登场。

暮瑟从上往下再将苏峦青仔细打量一遍，越看越觉得满意，遂像个老大妈似的拍了拍苏峦青的肩，笑得一脸荡漾："嘿，小伙子看起来还挺不错嘛。待会儿可得加油！"

苏峦青朝暮瑟倜傥一笑，宛如黑道大哥般戴着墨镜大摇大摆地在暮瑟眼前晃了一圈。

此时距离开家长会还有最后半小时，一切准备就绪的俩活宝匆匆忙忙往暮瑟学校跑。

二十分钟后两人终于抵达“战场”，眼看苏峦青就要走进教室，暮瑟突然就心虚了，一把拽住苏峦青的胳膊，压低声音问了句：“你说……我们会不会被人识破啊？”

苏峦青对自己的伪装很有自信：“不会，不会，怎么可能。”

他话音才落，不远处的走道里立马传来一个熟悉的声音：“咦，瑟瑟、苏峦青，你们这么早就到了呀？”

苏峦青那不可一世的笑立马僵在脸上。

回家换掉校服的温纯如正挽着自家老妈的胳膊目光定定望向暮瑟和苏峦青。

此时此刻，不论是暮瑟还是苏峦青，都陷入一种无法用言语来形容的“迷茫”中，倒是温纯如的妈妈率先反应过来，朝他俩微微一笑：“你们好，我是小纯的妈妈，经常听她提起你们俩。”

温纯如的妈妈穿着浅栗色的薄风衣，一头长而卷曲的焦糖色卷发瀑布般在肩上披散开，她属于那种一眼看过去看不出多美，却有种独特气质，并且越看越觉好看的人。

暮瑟眼冒金星地盯着温纯如妈妈看了好一会儿，才甜甜一笑，脆生生喊了句：“阿姨好。”

温纯如见到暮瑟稍稍有些激动：“瑟瑟，你们家今天是爸爸来还是妈妈来呀？”

暮瑟愣了一下，她原本是准备说爸爸的，可当着温纯如的面，这话怎么都说不出口，那些话在她喉咙里“咕噜咕噜”打了好几个转，最后变成了：“叔叔来。”

温纯如仍是一脸迷茫，暮瑟才不想让她一路问下去，只得说：“哎呀，我爸妈都没时间的，所以……就让我叔叔来了。”她边说边冲温纯如眨着眼。

温纯如纵然纯良却也不傻，已经察觉到暮瑟话中有话。

暮瑟跟温纯如可是默契无比，只需一个眼神，暮瑟便已经知晓温纯如有所察觉，她连忙趁热打铁，又指着苏峦青说：“喏，这就是我小叔叔。”

02. 这“家长”实在是浮夸。

温纯如虽然也已经大致猜测到暮瑟和苏峦青究竟在搞什么鬼，但真正听到暮瑟说这话时，还是被吓了一跳。

苏峦青身高腿长，西装革履抹着油头倒也装得像那么一回事。

在暮瑟坚持不懈朝温纯如使眼色的努力下，终于使得温纯如改口，她边干笑边言不由衷地说：“原来是我认错了……还以为是苏峦青呢……”

暮瑟脸不红心不跳，说谎不打草稿地接着编：“是呀，我们都觉得很奇怪呢，我叔叔居然和苏峦青那货长得像，哈哈哈哈哈！”

温纯如妈妈倒也没多想，稍稍在心中感叹了下现在的人都越长越年轻了，便朝温纯如及暮瑟挥了挥手，示意自己要先进去了。

暮瑟见温纯如妈妈都已经坐在了温纯如座位上，连忙招手催促苏峦青进去。

还想和暮瑟多待一会儿的苏峦青很不乐意，心不甘情不愿地撇嘴走了进去。

温纯如的表情一直都很怪，等苏峦青坐在了暮瑟的椅子上，她才欲言又止地望向暮瑟：“瑟瑟……这样会不会不太好呀……”

暮瑟倒是气定神闲，一副十分不以为然的模样：“没事儿，你妈妈看到他不也没认出来吗？反正，应该是没多大问题的。”

温纯如仍觉不放心：“可是……”

“可是？又什么可是的？”暮瑟并不想把事情往坏的方面去

想，“我爸妈今天是真没时间过来，我一直还没告诉他们要开家长会的事，反正只要苏峦青那货不给我惹事，应该就没多大关系。”

暮瑟都已经这么说了，温纯如也不好再讲什么，只得一脸紧张地和暮瑟一同站在走道外注视着教室里的一切。

初秋里的夜很静，教室中的家长们互不熟悉，并无几人说话，倒是苏峦青一下就吸引住了绝大部分家长的目光。

一呢，是这“家长”实在是年轻，二呢，是这“家长”实在是帅，三呢，是这“家长”实在是浮夸，不就是开个家长会吗？有必要弄得像偶像剧里的男主一样？

当然，这只是绝大部分男性家长的内心 OS，女性家长们更多的是在猜测他究竟是“那位同学”的什么人。

不仅仅是坐在教室里的家长们注意到了苏峦青的存在，教室外的走道上聚集了越来越多随行的学生，他们可都是见过苏峦青的，特别是跟在自家老爸身后姗姗来迟的肖震鹭，看到苏峦青的那一瞬间，他的表情几乎可以用精彩来形容。

而肖震鹭他爹，原本就是苏家公司的员工，自然也是认得苏峦青的，以至于在看到苏峦青的一刹那，他整个人都惊呆了，再一撇头望向自家儿子，发现肖震鹭的表情比自己还要精彩，顿时就释然了——还好，还好，看来这件事他儿子并没胡乱插一脚。

肖震鹭老爸一落座，肖震鹭便朝暮瑟所在的方向跑，一脸见了鬼的表情指着她，倒还是记得要压低声音说话："暮瑟……你和我苏哥究竟是准备做什么呀……"

暮瑟如实和他说。

肖震鹭的眼睛越瞪越大，嘴巴张得几乎可以塞下一整枚鸡蛋："你们这胆子也太大了吧，佩服！佩服！"

其实暮瑟胆子还真没这么大，要说不怕也是假的，可事已至此，哪里还有退步的余地，还不就只能硬着头皮上。

暮瑟不想认怂，装出一副天不怕地不怕老子最大的牛气样，豪迈万丈地一拍胸口："那是，那是，也不看看我是谁！"

走道上，暮瑟、温纯如、肖震鹭三人正讨论得热火朝天，教室里的家长会已开了起来。

外面的学生越积越多，原本静谧的夜又渐渐热闹起来。

教室门紧闭着，班主任的声音本就不大，再加上走道上的喧哗声，即便暮瑟再怎么把耳朵往门口凑，也始终听不清里边的开会内容。

可她偏偏又紧张得很，生怕苏峦青什么时候就露馅了，整个过程她都像个木头人似的趴在窗口，心想，即便听不清里边在说什么，也要认真看清每个人的表情。

暮瑟口口声声说不怕，神态和行为却出卖了她，温纯如和肖震鹭也不戳破，特别是温纯如，到现在都还紧张得很，生怕暮瑟和苏峦青会被发现。

时间一点一点地流逝，于暮瑟而言，每一分每一秒都是煎熬。

班主任的目光又时不时穿透玻璃窗扫在暮瑟身上，暮瑟虽并不清楚这究竟是班主任刻意而为还是意外，心虚到极致的她始终不敢正面迎上班主任的目光，每当她视线扫来，暮瑟都会下意识去闪躲。

如此持续了近一个小时，家长会终于散了。

开会开到几乎就要睡着的苏峦青第一个起身，准备往教室外走，屁股都还没来得及离开椅子，便已经被班主任丁老师喊住："暮瑟同学的家长请留步。"

趴在窗外，密切关注着一切的暮瑟只觉自己的小心脏像是突然被什么东西给攥住了。

苏峦青仍是那副懒散的模样，他淡定且从容地收回了迈出去的那条腿，挑着眉望向丁老师。

可别看苏峦青这么一副天不怕地不怕的拽样，实际上他心里早就乱成一片。

如果这只是他自己的事倒还好，偏偏是暮瑟的事，一个不留神，可得把她拖下水。

教室里别的家长已走得差不多，温纯如和肖震鹭都一脸担忧地挥着手和暮瑟说再见。

此时此刻，已经无法用紧张来形容她的心情，暮瑟觉得自己就像是一条突然被人捞出水面的鱼，缺氧缺到使她感到窒息，她甚至都已经生出了打退堂鼓，直接转身逃跑的冲动。

她当然没有勇气这么去做，而丁老师的声音也再一次响了起来：“暮瑟，你也进来。”

仅仅六个字而已，却宛如直接给暮瑟公布了死讯。

暮瑟心如死灰地迈步走进了教室，脑子里那根紧绷着的弦“咻”的一声绷断，她心中不断重复着一句话：完了完了，这下真完了……

暮瑟全程垂着脑袋，压根不敢对上丁老师的目光。

原本喧闹至极的校园突然之间变得这么静，暮瑟一时间有点不适应。

过于寂静的环境之下无限放大着她的恐惧，她从未如此清晰地倾听着自己的心跳声，“怦怦怦怦”，每一下都是极为剧烈的碰撞，仿佛随时随地都能冲出胸腔，落在地上。

丁老师面无表情地盯着暮瑟和苏峦青看了足有三秒，才终于说出一句话：“你们胆子倒是挺大。”

暮瑟的心早就已经紧绷得不像话，全程垂着脑袋盯着自己鞋尖，一副“我错了，任凭处置”的乖巧态度。

可苏峦青却不想这么快认输，仍一口咬定自己就是暮瑟的叔叔。

丁老师只觉又好气又好笑，她强行压制住自己的怒火，又侧过脸瞥了暮瑟一眼。

瑟瑟发抖中的暮瑟猛地打了个寒战，眼神越发闪躲飘忽。

丁老师便选择在这时候开口问话：“他真是你叔叔，不是那个总往咱们班上跑的一中学生？”

丁老师都已经说得这么明显了，就差指名道姓。其实她对苏峦青也仅仅是眼熟罢了，又哪知道他究竟叫什么名字。

于是……原本就风了的暮瑟更风了，她现在慌得手心都在冒汗，声音里也带着那么几分颤音：“丁老师……我错了……”

尾音才落，她便急得眼泪水哗哗往外冒。

“我真的错了，再也不敢了……”暮瑟越说，哭得越厉害，全身都止不住地发颤。

她这眼泪水着实冒得太过太过汹涌，别说向来把她视作心头肉的苏峦青，就连丁老师都吓了一跳。

暮瑟都哭成这样了，苏峦青哪还有工夫去想别的，连忙伸手去替暮瑟擦眼泪，慌慌张张地轻轻拍打着她的背：“别哭呀，别哭呀，瑟瑟你别哭……你一哭我真都不知道该怎么办了。”

苏峦青是真慌了神，不停地拍打着暮瑟的背脊。

丁老师将这一切尽收眼底，心里又盘算着，今天是不是还得牵扯一出早恋的事。

苏峦青打军训开始就老往暮瑟班上跑，自打暮瑟朝他发了一次脾气以后，他倒是收敛不少，即便他现在鲜往二中跑，可丁老师仍对他印象颇深。

丁老师皱着眉安慰了暮瑟两句，最后仍给暮瑟爸妈打了个电话。

03. 我一定会呵护着你也逗你笑。

正如暮瑟所说，暮父暮母都忙着做生意。

一挂断丁老师的电话，暮母便撸着袖子直奔而来。

暮瑟一直惴惴不安地等着，好不容易平静下来的她在暮母推门而入的那一刻又忍不住瑟瑟发抖。

平日里看着温柔极了的暮母这一刻宛如夜叉在世，红着眼板着脸，一上来就拽着暮瑟打。

暮瑟反应极快，躲过了这一下。

暮母也是气过了头，一巴掌下去没打到人倒也平静了不少，只是她的表情依旧有些“扭曲狰狞”。

眼看她又要靠近暮瑟，这下连丁老师都忍不住来劝架，苏峦青更是大手一挥，将暮瑟护在自己身后，生怕一个不留神，暮瑟就又会挨打。

暮母喘了几口粗气，周身气势并没削弱一分，她尽量使自己的声音听上去显得平和，侧过脸对丁老师说：“丁老师您别拦着我，我今天非得把这臭丫头给打残不可，让她知道什么叫作天高地厚！”

躲在苏峦青身后的暮瑟又是一抖。

蹬着细高跟的丁老师已经拦不住暮母，暮母气势汹汹地朝苏峦青走去：“峦青你给阿姨让开。”

苏峦青自然不肯，可暮母终究是打小看着他长大的长辈，他对暮母的态度自然与丁老师有所不同。他仍像护幼崽的母鸡似的张开着手臂，语气却已经软了下来，他说：“阿姨对不起，今天这事是我出的馊主意，您别打瑟瑟了，真是我的错。”

暮母不禁发出一声冷笑：“你出的主意？我还能不了解这死丫头片子？这种事明显就是她自己给整的，还把你给拖下了水！”

正所谓知女莫若母，暮母这个猜测可是一点都没错。

苏峦青也是真倔，不管暮母说什么，就是死活护着暮瑟不肯让开。

暮母今天也真是气炸了，冷着脸给苏峦青的父亲打了个电话。

一场早就该散了的家长会愣是被无限延长至晚上十点，站在一旁怎么劝都没用的丁老师只觉心力交瘁。

暮母挂断电话的半小时后，苏峦青的父亲到场了。

他西装革履文质彬彬，明明都四十来岁的人了，依旧身姿挺拔宛如三十出头。

他的气质与苏峦青截然不同，一眼看过去只会让人觉得这两父子压根不像，可若再仔细瞧瞧，便会发觉，这两父子的眉眼其实非常相像，不同的是一个年轻气盛夺目似朝阳，一个气质内敛，被时光雕琢打磨得犹如一枚沉淀千年的莹润美玉。

苏父一出现便吸引了所有人的目光，他只淡淡扫了苏峦青一眼，便开口与丁老师以及暮母道歉。

教室里原本胶着的四人也因他的出现有了新的变化。

他舌灿莲花，先是劝动丁老师回家，又轻轻松松几句话将暮母的怒火熄了下来。

当丁老师离开，暮母也舍弃要将暮瑟“打残”这一想法，暮瑟以为一切都将成为过去时，空旷的教室里传来“啪”的一声脆响，只见苏父的手仍扬在半空中。

全然没料到会有这么一出的苏峦青正歪着头，傻愣愣地盯着自家老爹。

他白皙的脸颊上五道红印清晰可见。

和苏峦青一样蒙了的暮瑟连忙“噌噌噌”跑过去，学着苏峦青一开始护住她的模样，张开手臂站在比自己高出一大截的苏峦青身前。

“叔叔，您别打他了，真不关他的事，都是我出的馊主意。”

这时候暮母也跟着帮腔：“对，这还真不关峦青什么事，都是我这死丫头片子搞的鬼。”

反倒是挨了揍的苏峦青一句话都没说，又一次将暮瑟拉至自己身后。

苏父叹了口气，慢悠悠地说：“我这巴掌是扇你脑子不好使，这种显然就会被识破的法子都能想得出。”说完，他又撇头瞅了暮母一眼，“亲家母，我这一巴掌下去，也算是替你出了气，我知道准是这浑小子又在搅稀泥，现在打也打了，您就别再打瑟瑟了，女孩子不比男孩子皮粗肉糙，不耐打，要出了什么毛病可不得心疼死？”

这下苏峦青可算是明白了，他这一巴掌分明就是给暮瑟挡灾用的啊。

啧，他爹可真是亲爹啊！

其实吧，暮母的气早就消得差不多了，不过是虚张声势想吓唬吓唬暮瑟，好让她长点记性。

见暮母神色缓和不少，苏父又趁热打铁：“时间不早了，咱们也都先回去吧。”

所有人都点头，唯独躲在苏峦青身后的暮瑟仍心有余悸。

为什么呢？还不是她怕回去后没人挡着，又会挨打。

像是看穿了暮瑟的心事，苏父突然又补了句：“说起来瑟瑟好久没去我们家过夜了，你阿姨怪想你的，要不今晚来我们家睡？”

暮瑟眼睛里含着两包泪，点头如捣蒜：“好！好！好！”

暮母语气酸溜溜的：“怎么？还怕我回去又会打她不成？这丫头都被你们惯成什么德行了！”她说是这么说，倒也没在这事上较真。

暮瑟在苏家有成套的洗漱用品和换洗衣服，压根就不需要回家收拾东西，屁颠屁颠就跟着苏家人跑了。

苏家做房产生意，或许比不上福布斯榜上那些金融大鳄，在建宁这座小小的三线城市却算得上是富甲一方。

至于暮家，则是典型的小康之家，不愁吃穿，买得起名牌奢侈品，算不上大富却也比下有余。

暮父暮母本是大学同学，毕业后留在了大城市发展，直至暮母生下了暮瑟，两人才一同将尚未满月的暮瑟抱回老家建宁办满月酒。

暮父便是在那时见到了多年未见的老同学苏怀墐，也就是苏峦青的父亲。

苏怀瑾富二代出身，和暮父既是老同学又是挚友，甚至可以说，若无暮父便无今日的苏怀瑾。

身为一个正儿八经的富二代，苏怀瑾打小就觉得，即便自个再混账，他爹的东西都终究会落到他头上，于是他整天不是在外乱挥霍便是到处玩。

他的改变还得从那场变故说起。

总的来说就是，他爸不待见他这儿子，若不看他是自己唯一亲生的，估计早就亲手掐死的那种。

苏怀瑾也是作，越知道自己老子不待见自己，就越要在外边浪。

结果高一下学期那年，他爹就带回了个私生子，这也就算了，还居然二话不说，直接将那私生子扶正。

苏怀瑾从前还只是小打小闹，自打私生子来了，他便玩得更过火，后来还真给整出了件大事，气得他爸直接要与他断绝父子关系。

那段日子大抵是苏怀瑾人生中最灰暗的一段时光，从前有多风光，那时便有多落魄。

曾经的弟兄见了他统统绕道走，唯有那个与他相看两厌的暮父站在了他身边，不停地鞭策他鼓励他。

不过短短两年时间，他便从一无是处的纨绔变成了品学兼优的保送生，直接保送上国外的名牌大学。

他们那个年代不似如今这般，留洋并不是件轻松事。

异国街头的游子饱受白人的歧视与孤独。

苏怀瑾再度归国已是四年后。

他父亲重病，弥留之际想起自己还有已成大器的大儿子。

最终苏家的财产他与那私生子各分一半，二人虽都姓苏，身上流有相同的血，却老死不相往来。

也正因有这段往事，原本不在同一个城市的苏暮两家往来才如此亲密。

得了自家老父亲遗产的苏怀瑾迅速在建宁市扎了根，听闻老友携妻女还乡，连单都顾不上谈，头一个赶来喝满月酒，甚至直接送了个三百平方米的门面给刚刚满月的暮瑟做见面礼。

暮父与暮母就此被劝着留在了建宁市，安心经营那三百平方米的古典红木家具店。

也是自打这时起，苏怀瑾就打起了暮瑟的主意，老惦记着要将人女儿拐回家做儿媳，从而直接影响了自家孩子。

于是，苏峦青对暮瑟就变成了这样的态度。

毕竟有苏怀瑾这成天就想拐人家闺女的爸，人家教自个孩子学说话，首先教的都是“爸爸”“妈妈”，他倒是好，一来便教“暮瑟”“瑟瑟老婆”之类的。

苏峦青学会的第一句话便是“暮瑟”，并且从小就十分坚定地认为暮瑟将来会是自己的老婆。

这样不怪他，要怪就怪他有个痴汉爸，以至于将他一起同化成痴汉。

第五章

没心没肺的小姑娘 ▼

你瞎说什么呢！我才不会喜欢这么二了吧唧的人呢！

01. 多想藏着你的好，只有我看得到。

距家长会风波已过去整整两周。

两周的时间说长不长说短不短，却足以使暮瑟好了伤疤忘了痛，再度恢复成一个没心没肺的小姑娘。

十月二十三日和二十四日恰好是暮瑟学校举行运动会的时间，与往年不同的是，今年暮瑟学校与苏峦青做了一次史无前例的跨校合作，两个学校一同举行校运会。

对于暮瑟这种四肢不发达却空有一身“蛮力”的姑娘来说，

校运会无非就是另一种形式的放假，总之，不用上课就很棒。

暮瑟所在的二中算是本地占地面积最大的一所学校，毫不夸张地说，二中拥有本市最大的运动场，也正因如此，代表着两个学校友谊的运动会才会在二中进行。

校运会当天，暮瑟与温纯如这种没参加任何运动项目的女孩，无非就是牵着手在各个比赛场地上乱逛。

苏峦青虽不是体育生，却也本着积极参加集体活动的信念一口气报了好几个项目。

原本无所事事的暮瑟只得挨个去看他的比赛。

苏峦青参加的第一项比赛是800米跑步，暮瑟与温纯如手挽手坐在石阶上，无比淡定地往嘴里塞着乐事薯片，她们下方，塑胶跑道的边沿地区一群穿着二中校服的女生叫得正欢，不停地蹦啊跳啊喊着："苏峦青加油。"

暮瑟像个老大爷似的皱着眉头说："她们这是怎么回事，明明是咱们学校的，怎么都胳膊肘往外拐呢？"

这也正是暮瑟明明与苏峦青关系要好，却不曾给他加油打气的原因，毕竟他可是一中的，总不能灭自己威风长他人志气吧？

温纯如摇摇头，目光飘向远方的主席台上。

主席台上一抹穿藏蓝色校服的身影清隽挺拔，正是担任此次活动主持的宋之若。

暮瑟一边啃着薯片一边眯着眼看苏峦青跑圈。

苏峦青身体素质虽好，却也比不得那些整日待田径场上训练的体育生，跑不了第一，始终维持在第二名的位置。

有好几次他就要反超第一名的体育生，石阶下方那群穿二中校服的女生一个个失声尖叫欣喜若狂，不知道的还以为苏峦青怎么了。

苏峦青从小到大都很受女生欢迎，暮瑟也不是不知道，可纵然如此，她还是没能忍住，酸溜溜地说了句："啧，狗子长大了，知道勾引人了啊。"

听到这话，温纯如没能忍住，"扑哧"一声笑了出来。

暮瑟塞着满嘴的薯片，含混不清地问："你笑什么呀？"

温纯如很耿直地说了实话："我就是觉得你这话像是吃醋了一样，还……还挺可爱的。"

暮瑟才不会承认自己吃苏峦青的醋呢，连忙摇头否认："你可别瞎想，我就是突然有所感叹而已。"

温纯如也不在这问题上与暮瑟多说，只笑盈盈地回了句："行行行，我知道啦。”

暮瑟却不觉得温纯如真是这么想，仍在辩解：“我真的就只觉得自己养的猪终于长大，会拱人家地里的白菜了。”

话音才落，田径场上突然传来一阵欢呼声，登时盖住了她的声音。她眺目望去才发现，这场比赛已经分出胜负，第一名是二中一个很厉害的体育生，第二名是苏峦青。

此时此刻，他正甩着胳膊和腿在田径场上搜索暮瑟。

他的脸微微有些发白，脸色算不上好看，大抵是因没抢到第一生着闷气。

暮瑟与温纯如所在的地方有些偏僻，视野却好，正因如此，暮瑟才能一眼就看到苏峦青，而苏峦青却环顾了一整个操场都没能捕捉到暮瑟的身影。

暮瑟只得在他目光扫来的一霎赶紧起身挥手。

前一秒还目光锐利如刀刃的少年瞬间暖了下来，咧开嘴，露出一排整齐的牙，像个傻子似的朝暮瑟挥着手。

既然苏峦青都已经看到自己了，暮瑟也就没必要站在那儿一直挥手，只需静静坐着等待苏峦青走来即可。

可她又哪能料到，苏峦青才走出跑道，身边便围了一群女生，不仅有先前穿着二中校服替苏峦青呐喊助威的那一拨，还有一中本校的。

苏峦青被围了个水泄不通，都是捧着矿泉水问他要不要喝水的花痴少女。

暮瑟一脸没劲地撇撇嘴，轻声嘟囔了句：“嘁，就知道招蜂引蝶。”

苏峦青属于那种一看就不好相处的高冷长相，若不是大伙都看到了他先前的咧嘴一笑，怕是没有人能提起胆近他的身。

可苏峦青又哪想得到自己这一笑竟惹来这么多麻烦事，那群花痴少女涌来的一瞬间，他又恢复成生人勿近的冰山脸。

几个颇有些眼力的女生立马止住脚步，最后只剩一个烫着金棕色大波浪卷的二中女生仍往苏峦青身上凑。

暮瑟对那女生印象颇深，好像刚刚正是她领着一群二中女生给苏峦青狂打气。

暮瑟属于那种两耳不闻窗外事、个人圈子小的女生，当然不晓得这留着金棕色卷发的女生在她们高一年级多有名。

不仅暮瑟对卷发女生有印象，苏峦青也隐约记得，好像有这么一号姑娘跟他搭讪要过 QQ，他早就不记得姑娘长啥样，只记得她那一脑袋金毛格外亮眼。

是了，这女生正是曾在校门口的小卖部与苏峦青搭过讪的卢紫芸。自那惊鸿一瞥以后，她就盯上了苏峦青。

苏峦青一脸烦躁，压根就不想搭理这些莫名其妙的妹子，纵然卢紫芸像只轻盈的鹿一般往他怀里钻，他也能直接将人无视，一个侧身给躲了过去，然后“嗖嗖嗖”朝暮瑟所在的方向跑。

一直坐在石阶上观望的暮瑟不知怎的，就觉莫名解气，她聚精会神地盯着苏峦青，全然不知道此时此刻的自己笑得有多招人恨。

温纯如托着下巴，默默看了暮瑟一眼，又将目光再度飘回站在主席台上的那抹身影上。她的嘴角不自觉勾了起来，形成一个好看得不得了的弧度。

所以呀，不论怎么看，都觉她家瑟瑟和苏峦青最相配。

暮瑟的笑容着实太不加掩饰，落在某些人眼里就只剩碍眼。

没“献”成水的卢紫芸嘴唇紧抿立在原地，看暮瑟的眼神自然有那么一丝奇怪。

可暮瑟从来就不是什么好捏的软包子，直接一个白眼就翻了回去，甚至还带着那么一丝挑衅。

彼时的她也没想这么多，只知道有人看自己的眼神不对就要瞪回去，全然没想过，这也是一种宣誓主权的方式。

苏峦青报的项目并不多，可一旦哪个项目有他在，便能于顷刻之间变为他的主场。

暮瑟与温纯如依旧飘忽不定地挽着手在操场上走来走去，偶尔看看苏峦青的比赛，替自己班上同学加加油，倒也惬意。

一个上午就这么过完了，下午的时候暮瑟本还想继续这么浪下去，温纯如却不知打哪儿掏出了本子和笔，大抵是准备和班上别的同学一样写些话给班上的运动健儿们加油。

暮瑟总不能就这么看温纯如一个人忙活，也找同学借来一支笔，时不时帮温纯如写上一两段。

从运动会开场到现在，几乎就没离开过主席台的宋之若不停地收到同学们送来的纸条，虽都是千篇一律的加油话语，倒也有着一定的鼓舞士气的作用。

当他念完手中最后一张纸条，准备清喉咙好好休息的时候，温纯如突然出现了。

她仰着头站在台阶上，手中攥了个小本子和小水壶："喏，这个是给你的，不仅是那些参加比赛的同学要加油，你也是哦，记得多喝水，别弄坏了嗓子。"

温纯如说这话的时候，暮瑟正站在主席台下等她。

秋天的风缠绵且长，卷着几瓣枯叶杂乱地飘。

此时此刻，暮瑟只觉自己的心也如那风中落叶一般。

如果说，从前她还只是猜测温纯如喜欢宋之若，那么，现在她几乎是能百分百确定温纯如的心意。

02. 我在你的世界里看不清是自己，还是你。

暮瑟不知道该用怎样的语言来形容自己此时的心情，和好朋友同时喜欢上一个人的狗血剧情居然也发生在了自己身上，她的心情复杂又微妙。

全然没心思去关注别的事的暮瑟都不知道自己究竟是何时离开主席台那边的。

她又坐回了学校划分给自己班级的那块地上，温纯如低着头，缓慢且步伐含蓄地朝她所在的方向走。

她一点一点地慢慢靠近，脸上挂着一丝担忧："瑟瑟，你怎么啦？是不是突然不舒服呀？看起来脸色怪怪的。”

“啊……没什么……”暮瑟连忙避开温纯如的视线，“我没事……”

犹豫半晌，她还是忍不住问了句：“小纯，你是不是喜欢宋之若呀？”

从未想过暮瑟会问出这种问题的温纯如顿时涨红了脸，连忙摇头否认：“不……不是，不是……”

尽管她否认，但那涨得通红的脸蛋和结结巴巴的声音都已充分出卖了她。

暮瑟从没想自己究竟想要一个怎样的答案，温纯如说是又如何，说不是又如何？

她突然就笑了，是无可奈何的笑容，声音倒是比自己想象中的还要柔和：“傻不傻呀你，紧张什么，即便是喜欢也很正常呀。”

许是这句话成功地安抚鼓励到了温纯如，她涨得通红的脸一点点恢复正常，再也不复先前的紧张。她定定地望了暮瑟许久，才绽出一抹笑：“瑟瑟，其实我应该早就跟你说的……”

“嗯？”这话无端就勾起了暮瑟的好奇心，“你要说什么？”

“其实呀……我早就喜欢他了，嗯，我跟他是初中同学，虽然根本就没说过几句话，但我就是喜欢他。”

温纯如这番话深得暮瑟心。

既然温纯如都这么跟她说了，她也不准备再藏着掖着。她十分坦荡地将自己的心里话说了出来：“其实我也喜欢他，大概是一年前吧，第一次遇到他的时候，我可能就喜欢了。”

温纯如脸色瞬变，有些惶恐有些不安，还莫名有些紧张。

这些话一说出口，一直悬在暮瑟心中的那块大石也终于落了地，她的笑容不再似从前那么牵强，坦坦荡荡：“你紧张什么？怕什么？我才不会和你抢，而且即便是要抢，我也抢不赢你呀，你这么可爱这么漂亮学习成绩还这么好，我哪能抢得过你呀，就是想跟你说说心里话嘛。”

温纯如一直都不曾接话，微微垂着眼睫，像是在思考着什么。又过片刻，她才重新抬起了眼帘，直视暮瑟：“瑟瑟……其实还有一件事我也没跟你说，他跟我告白了……嗯，是今天早上的事，他在单车上说的。我知道这样不好，也很怕，但又莫名有点高兴……可是，我没答应他，他说他会等我，等我两年，两年以后要和我考同一所大学。”

暮瑟突然觉得有些落寞，但还是很努力地在笑：“喜欢的人刚好也喜欢自己，真好。”

温纯如能感受到暮瑟有多难过，却又不知道该如何去安慰她，只能用自己那笨拙的办法，一下子抱住了暮瑟：“瑟瑟，对不起，我抢了你喜欢的人……”

“哎……”暮瑟又是一声轻叹，“你傻不傻，两情相悦哪是抢？更何况你不比我更早喜欢他吗？”

温纯如半天没说话。

暮瑟也是从没去想，但温纯如再度开口的时候会问这么一个问题。

“瑟瑟，其实我一直都很好奇……你难道一点都不喜欢苏峦青吗？我真以为你跟他也是相互喜欢的。”

暮瑟突然被口水给呛了下：“咳……你瞎说什么呢！我怎么会喜欢这么二了吧唧的人！”

看到暮瑟终于恢复了一丝活力，温纯如也终于笑了，她笑得很温柔，就像她的声音一样：“可是，我觉得他真的很喜欢你，对你很好哎，我还一直觉得，你们长大后肯定会结婚。”

“咳咳咳……”暮瑟呛得更厉害了。

一场比赛不知何时停了，运动场上围成一圈又一圈的人渐渐散开。

暮瑟仍与温纯如在聊着心事，原本静下来的操场不知怎的又开始喧闹起来。

这一次的喧闹有异于平常，暮瑟与温纯如停止交谈，朝声源望去。

这一眼，暮瑟看到了苏峦青与一个疑似教师的男子被围在了人群里，她并不晓得究竟发生了什么事，却也能大致猜测到，一定是苏峦青又乱怼人，和老师发生了争执。

暮瑟已经顾不上和温纯如再做深入交谈，连忙起身，朝苏峦青所在的方向跑。

正如暮瑟所预料，苏峦青果然又与老师起了争执。

暮瑟从人群中钻了进去，习惯性地拽住苏峦青的胳膊来劝架。

苏峦青的胳膊突然被人抱住，满脸戾气地转头，见来人是暮瑟后神色顿时就有所改变，可纵然如此，他的脸色依旧算不上好看。

仅仅是凭这个表情来判断，暮瑟都能猜测出他这次大抵是真的发怒了。

全然不知道发生了什么的暮瑟仰着头盯着苏峦青看了好一会儿，才柔声问了句：“怎么了？”

苏峦青这货平日里吊儿郎当怼天怼地，却也不是个胡搅蛮缠不讲理的主，暮瑟对他了解颇深，一下就看出这次的不寻常之处来，又拽了拽他的胳膊：“到底发生什么了，峦青。”

苏峦青没有回复暮瑟，代替他说话的是一直站在中心位置，却始终被人忽略的郭嘉豪。

这一次还真不是苏峦青无理取闹，一切开端的起因是郭嘉豪。

郭嘉豪是个电脑迷，是老师、家长以及所有同学眼中的网瘾少年。可他的网瘾并不在于打游戏之上，而是编程，一个三线小城里的人所不能理解的神秘高端领域。

校运会上郭嘉豪一直消失不见，班主任回办公室拿东西的时候，意外撞见待教室里偷偷“玩电脑”的郭嘉豪。

一场闹剧就此上演。

气急了的班主任将“毫无班级荣誉感”的郭嘉豪强行拽到操场上，当着全班同学的面对其进行点名批评。

若整件事只发展到这一步，苏峦青定然不会搅和进来，毕竟是郭嘉豪不参加集体活动理亏在先。

怪就只怪班主任又将火引向了别的方面，转而攻击郭嘉豪最在意的东西——编程。

郭嘉豪从来都是这样一个普通的少年，不高不矮的个子，不好不差的成绩，连长相也都是不丑不帅的，是普通人里最普通的那一类。

大抵正因过于普通的他拥有一个太不普通的梦，才会让所有人都觉得，他不过是在痴心妄想。

他本就是个活在自己世界里的淡漠少年，这些年来，他所遇到的人中唯独一个苏峦青在支持鼓励他继续努力，实现自己的梦。

他其实很羡慕暮瑟，不仅仅是因为她身边有个不论她做什么都毫无条件支持她的苏峦青，更是羡慕她那种毫不遮掩自己梦想和野心的率真。

班主任一口一个“学这东西能有什么出息”，击得郭嘉豪毫无反驳之力。

一直冷眼旁观的苏峦青终于坐不住，用他所惯有的吊儿郎当的语气说：“万一人家真成了呢？再说，不过是当个老师而已，也不见得多有出息吧？”

苏峦青这话无疑惹怒了班主任，两人就此僵持在操场上。

暮瑟原本要来劝架，听郭嘉豪这么一说，即刻临阵倒戈。

因为她也是这样一个孩子呀，一个在旁人看来，整日异想天开的孩子。

暮瑟这人呢，其实也挺倔，身上有股莫名其妙的韧劲，别人越是不看好，她偏越是要坚持。

暮瑟松开了苏峦青的胳膊，转而望向郭嘉豪的班主任："老师，其实我真觉得每个人都有追求梦想的权利，有些东西真不是你们说没出息我们就能放弃，能不能成并不是你们说了算，在于我们自己本身的努力程度。"

时隔多年，当暮瑟再回想起自己高中年代所说过的这番话，她第一反应便是牙酸，而后才开始反思，她怎么小小年纪就这么矫情。

可也正因那时年纪小，说出的话才无所顾忌，真正发自内心。

彼时的暮瑟犹自处于中二的年纪，以为一句梦想就能感天动地，全然没料到等待自己的是班主任邀请家长前来喝茶的结局。

于是，当天入夜，暮瑟又哭哭啼啼被自家老妈拎回家一顿男女混合双打。

因为苏峦青的原因，原本就在自己年级里名气不小的暮瑟这下更出名，不论是一中还是二中都知道二中高一2班有个叫暮瑟的姑娘。

正所谓人怕出名猪怕壮，暮瑟才出名不到一周，便有麻烦找上门来。

那件事恰好发生在周二下午的最后一节体育课上。

03. 此时的风很静，落叶打着旋儿悄然飘零。

若问暮瑟，有什么课是她最喜欢的，她大抵会第一时间回答："体育课。"

并不是因为暮瑟有多爱运动，仅仅是因为体育课自由，集合做做运动跑上几个圈后，便是大家都喜闻乐见的自由活动时间。

这节体育课上体育老师格外网开一面，连圈都没跑，便让大家解散了。

此时阳光恰好，穿透树梢，洒在每个人的脸上。

同学们呈鸟兽状散开，暮瑟与温纯如手挽着手走向小卖部。

暮瑟所在的二中算是这座城占地面积最广的中学，从操场到距离最近的小卖部也要花上足足十分钟，加上他们学校山多树多，通往小卖部的那条路在外人看来可谓是又偏又远。

可即便如此，也抵挡不住暮瑟与温纯如那颗想吃零食的心。

她俩一路打打闹闹，转眼便到了小卖部。

此时的小卖部里，人着实算不上多，也就零零散散站了五六个面孔陌生的女生。

其中一个散着金棕色大波浪的女生正是卢紫芸，她尚未注意到暮瑟的到来，倒是立在她身侧的女生小声嘀咕了一句："那个暮瑟来了。"

她声音不低，但也算不上大，所控制的音量恰恰好没被暮瑟和温纯如听到罢了。

于是，暮瑟才挽着温纯如的手踏入小卖部大门，便觉浑身毛孔都竖了起来，不为别的，只因此时此刻，站在小卖部里的六个女生都瞪大了眼睛望着她。

她当即意识到情况不太对，正准备拉着温纯如的手往外跑，温纯如这个少根筋的姑娘却已乐呵呵地拉着她进了小卖部。

小卖部里六个女生的目光一直不曾从她身上移开，她故作镇定，颤颤巍巍地挽着温纯如的胳膊买了冰激凌和干脆面，才浑身僵硬地走出小卖部。

而这个时候，卢紫芸一个眼神示意，原本分散四处的女生们便全朝她这方向涌来。

这时候，温纯如若是还没发现到底发生了什么便真是个傻子了。

她脚步一顿，身体明显僵硬了起来，暮瑟察觉到她的异常，连忙握住她的手，轻声说了句“别怕”，便拽着温纯如大步往前走。

紧随其后的女生们纷纷迈着腿跟上，等到了某个满是繁枝和山石的小道上，六个女生突然行动起来，分散包抄住暮瑟与温纯如。

可别看暮瑟皮，她其实从小到大都是个安分守已的乖宝宝，这种宛如青春偶像剧一般的情节还是第一次出现在她生命里。

暮瑟一时间还真有点蒙，不知道该如何去应对。

暮瑟都尚且如此，更何况更乖更“没见过世面”的温纯如。

两姑娘登时就愣住了。

隔了好一会儿，暮瑟才率先反应过来，她下意识地将自己胳膊从温纯如腋下抽出，沉声说了句：“背靠背！你守我攻！”便转到了温纯如身后。

暮瑟这一系列反应显然就是看多了武侠片的后遗症，温纯如还没闹明白她究竟要干什么，便听暮瑟说：“我把后背交给你了！”

温纯如虽一脸迷茫，全然没弄懂暮瑟要做什么，仍乖巧地点了点头：“好。”

卢紫芸只觉眼前这两姑娘大抵是有病。

可身为不良少女中的大姐大，卢紫芸觉得自己实在没必要和这两个中二病患者一般见识，始终维持着一副高高在上、不将一切事物放眼里的高冷姿态，目光却直视着暮瑟的眼睛，就像绝大多数校园小说里出现过的反派一样，面露不屑地说：“你就是那个暮瑟吧？”

这个问题还能怎么回答呢？总不能反问一句“你怎么知道”吧？

暮瑟很想朝她翻白眼，盯着她看了足足三秒钟的时间，才学着她那语气回了一句：“所以，你哪位？”

卢紫芸的脸顿时就黑了，以她在高一年级的名气，竟然还有人不认识她。

这可不能怪暮瑟，她一天到晚也就只跟温纯如、苏峦青这伙人玩，对自己学校那些风云人物可谓一概不知，更是不晓得，连同她与温纯如在内，整个高一年级最出名的女生就是她们三个了。

卢紫芸微微垂着头，大抵正在想什么对策，毕竟这对话也是挺让人无语的，也不知该如何继续下去。

她所不知的是，正因她的突然放松，两个本就神经大条的姑娘也跟着放松了起来。

特别是温纯如，也不知道她究竟是怎么想的，突然就从口袋里掏出了个红彤彤的苹果。

感受到动静的暮瑟微微转过头去瞥了她一眼，这一眼，暮瑟只见寒光一闪，一柄小巧的瑞士军刀像是凭空出现在温纯如手上。

别说此时此刻正与温纯如对视的不知名不良少女，就连暮瑟都冷不丁被吓一跳。

与温纯如面对面的女孩莫名有些紧张，结结巴巴质问着温纯如："喂……你干什么……"

也正因为有了她这句话，与她一伙的其他女生才发现温纯如手上突然多了把寒光闪闪的瑞士军刀。

"削苹果呀。"温纯如一副毫无察觉的模样，自顾自地削着果皮。

暮瑟倒是早就习惯了温纯如的天然呆，不按常理出牌，可这并不代表别人也能接受。

早在发现她拿出瑞士军刀的那一刻，原本只想用狠话吓唬暮瑟的卢紫芸顿时就变了脸色，围在她身边的那五个不良少女明显就㞞了。

温纯如却毫未察觉，仍聚精会神地削着苹果皮。

上课时间的二中很静，这条道路更是幽深无比，没有人说话的时候，几乎可以称之为静得诡异，除却不断穿过林间的风声，便只余打温纯如掌心传来的“沙沙”声。

“沙沙沙……”

“沙沙沙……咔……”原本连贯的果皮突然就断了，一直埋头削果皮的温纯如也终于抬起了头，目光透过厚厚的刘海，定格在卢紫芸身上。

被她这么一盯，卢紫芸全身汗毛顿时都竖了起来，却仍在硬撑，咬紧牙关放狠话。

握着瑞士军刀的温纯如仍未收回自己的视线，她的目光隐藏在厚厚的刘海之下，若隐若现。

从温纯如的角度来解释，不过是她的刘海太长该剪了。

可就这样一个简简单单的目光，落在卢紫芸眼里却全然变了味，在她看来，温纯如的眼睛里像是闪着怨毒的光，又像是充满了怨怼，这样一双眼里所透露出的情绪太过复杂，她一时间辨不清，更何况那些完全没脑子，跟着她走的小太妹。

卢紫芸丝毫不敢轻举妄动，那些被吓坏了的不良少女已经有了松动的念头。

其中一个满脸雀斑，烫了粉色挑染的女生终于鼓起勇气，凑到卢紫芸身边轻轻说了句：“芸姐，怎么办？她们有刀啊？”

“别和她们硬来，我们先撤！”

于是，一直防备着的卢紫芸突然走了。

而不敢蹲身捡断在地上那截苹果皮的温纯如终于松了一口气，大大方方地蹲下身，将砸在石阶路上的那截苹果皮捡了起来，丢到附近的垃圾桶里。

暮瑟一脸蒙，压根闹不明白，究竟发生了什么，于是她一脸迷茫地望向丢完垃圾往回走的温纯如。

“刚刚是怎么了？她们怎么走了？就这么完了？”

“啊……”暮瑟的反应也没快到哪里去，她一脸茫然地望着不良少女六人组的身影远去，又撇头看了一眼同样迷茫的温纯如。

隔了好一会儿，温纯如才后知后觉地拍着自个胸脯说：“吓死我了，她们怎么突然就走了呢？”

已经回过味来的暮瑟一脸无语地说：“明明是你吓到了别人才对吧？哪有人像你一样被人包围住还能这么淡定地削苹果？你别是个傻子吧！”

温纯如一脸委屈：“可我就是突然想吃苹果了……”

此时的风很静，落叶打着旋儿悄然飘零，落在了她黑缎一般的发上，她皮肤很白，是那种通透的，不掺一丝杂质的透白，就像一块刚出蒸锅的水晶糯米糕，无端就令人联想到了“秀色可餐”这四个字。

暮瑟很是无奈地望着她，莫名又觉好笑。

临近下课时，体育老师才吹了一声哨，聚集全班同学后又喊了几声口令便解散了。

体育课是今天的倒数第二节课，最后一堂课本是历史课，却因历史老师临时有课来不了而改成了自习课。

暮瑟又翻出了本子开始写小说，温纯如托腮瞥了一眼，便想凑过去看。

脑袋还没完全伸过来呢，便被暮瑟用手隔开，暮瑟的食指抵着她的脑门，她白皙的额头上立马浮现出一道绯色的红印。

温纯如低呼一声，小声嘟囔了句什么，暮瑟没听清。

紧闭的教室门突然被人从外推开，微风随着阳光一同进来，暮瑟呆了呆，随即才发觉进门之人是穿着平底鞋的班主任。

班主任二话不说，便抄起粉笔在黑板上写着什么东西。

第一排从粉笔间落下的字是三个字——第一组，紧接着便又有一个个熟悉的名字排列整齐地出现在第一排下面。

暮瑟不动声色地阖上了本子，心想，这是要重新排座位了呀。

班主任丁老师是个才从师院毕业不久的年轻老师，自然也就比那些年纪稍大的教师更随和。班上同学的座位打开学起就没变化过，一直都贯彻着你爱跟谁一起坐便跟谁坐的原则来坐，而今突然就要重新排座位，暮瑟一时间还真有些不习惯。

随着班主任的出现，原本还在认真做自己事的同学们顿时都停下了手中的动作，纷纷抬头盯着黑板。

五分钟后，整个座位表都已呈现在黑板上，而暮瑟恰好与温纯如被分开。

值得庆幸的是她俩隔得并不远，一个在一组第一个，一个在二组第四个。

坐在一组第一个的正是温纯如，她的同桌是个令人怎么都没想到的熟面孔，肖震鹭。

至于温纯如和肖震鹭那对风马牛不相及的奇怪组合，两人光是坐一块都让人觉得受不了，也是无法想象这两人该如何相处。

暮瑟所不知的是，在经历过家长会风波后，温家人对自家女儿这好闺蜜暮瑟便已有了不同寻常的看法。

丁老师之所以在这时候选择换位置，温家人可是当之无愧的最大幕后推手。

这件事温纯如也是完全被蒙在鼓里，只当真如丁老师所说，班上开始实施一帮一制度，同桌之间需要互帮互助。

04. 她带坏了一个好孩子。

从前，暮瑟没怎么和肖震鹭相处，压根就不晓得这货究竟是什么德行。

如今与温纯如坐一块了，才发现这货就是个不折不扣的傻子。一天到晚除了睡觉和抠脚，最大的乐趣便是欺负温纯如。

或是下课了特意堵着座位不让人出去，或是一而再再而三地对其进行言语骚扰。

彼时的温纯如尚未被暮瑟“带坏”，是个被人一欺负就咬着下唇，噙着泪水在眼眶中打转的软妹。

头两次，暮瑟倒是真没打算去多管闲事，想着吧，同学之间打打闹闹倒也正常。可这肖震鹭也是真讨嫌，简直是得寸进尺，次数多了，她自然就有些看不下去。

下课铃响了，肖震鹭又一次堵着人温纯如，不让她出去。

一旁等着的暮瑟着实有些看不下去，也不管肖震鹭会不会生气，一爪子呼在他肩上，将其往座位外一扯。

肖震鹭好歹也是个身高体壮的青少年，原本他要是好好坐在座位上，倒还不至于被暮瑟 拉就摔，怪就怪他坐没坐相，偏生还要这样扭着身子去调戏人。

温纯如正想着该怎么把肖震鹭给弄开呢，结果脑子都还没开始运转，便听“哐当”一声响，肖震鹭以一种极其“销魂”的姿势摔在了地上，而始作俑者暮瑟则气势高昂地站在了其身侧，朝温纯如招了招手。

温纯如神思恍惚，就这么被暮瑟指引着从肖震鹭身上跨了过去。

肖震鹭面容扭曲，姿势更扭曲，不停地碎碎念着：“最毒妇人心啊，最毒妇人心。”

牵着温纯如娇嫩小手的暮瑟本都已要跨出教室门了，还不忘回头骂上一句：“呸！你才妇人，你全家都妇人！”

有了第一次自然也就会有第二次第三次。

自从暮瑟出手帮了温纯如一次，往后就直接跟人统一战线了，肖震鹭一出手就要挨揍。

可别看暮瑟个头小，力气也算不上特别大，可她这姑娘大概是特别有练格斗以及偷袭的天赋，战斗力堪称爆表。打人力气不够，便用巧劲，还是不够，再瞄准人要害部位去攻击，若是再不够，那也简单，多运用些伤人无形又好使力的工具，譬如说指甲。

总的来说，肖震鹭被虐得很惨，一天下来，大部分的时间都被暮瑟揍得龇牙咧嘴满地找牙，最最虐的是，他这么一孔武有力的少年总是挨一个小姑娘的揍也就算了，偏偏还不敢还手，不敢躲，生怕暮瑟跑去给苏峦青告状。

肖震鹭这孩子说起来倒也是真欠虐，明明都知道招惹温纯如不会有好下场，还好了伤疤忘了痛，这次失败，下次又再来，这种置生死于度外的大无畏精神，使原本不愿意拿正眼看他的温纯如都对其肃然起敬。

肖震鹭这人也不是真没脾气，纯粹是忌惮苏峦青罢了，暮瑟揍他揍多了，自然也就把他的脾气一同给揍了出来。

那是下午最后一节自习课，虽无人上台讲课，却也有个老师坐在讲台上守着。

肖震鹭闲着没事做，手痒痒了，又开始骚扰温纯如，一会儿拽人家头发，一会儿故意把手往右拐，挤得人都没地方看书写作业。

暮瑟捧着手机，看小说看得有滋有味。一道目光陡然锁定在她身上，吓了她一跳，还以为坐讲台上的老师偷偷发现了她在看小说，一抬头却不期然对上了温纯如的眼。

此时的她再度被肖震鹭欺负得眼泪汗汗，正抻着脖子朝暮瑟发求救信号。

“正义使者”暮瑟又岂会见死不救，眼睁睁看着温纯如遭肖震鹭的毒手。

她二话不说，立马就撂下手机，一拳朝肖震鹭后心窝捶去。

让暮瑟万万没想到的是，人肖震鹭这次竟做好了准备，猛地一侧身，伸出右手一挡便止住了她的拳。

暮瑟愣了愣，一击不成，又想换只手继续向前攻。

肖震鹭快如闪电，另一只空出的手立马反过来握住暮瑟的左手。

暮瑟既动不了，也抽不回手。

肖震鹭嘿嘿奸笑，暮瑟狠狠地瞪了他一眼，压低了声音说：“你给我放手！”

“傻子才放手。”肖震鹭越发嘚瑟，“要不，你求我啊。”

肖震鹭龇着一口白花花的牙，笑得着实欠揍。

暮瑟暗搓搓在心中乱骂一通，以眼神暗示温纯如，让其偷袭肖震鹭。

然而，她完全低估了温纯如的纯良程度。她不停地给温纯如使眼色，都快使得两眼抽筋了，人小姑娘仍是一脸懵懂。

认清事实的暮瑟终于决定放弃，再度将目光放回肖震鹭身上，一脸冷漠地说：“哦，求求你放了我吧。”

肖震鹭的笑顿时凝在脸上，本以为暮瑟铮铮铁骨，哪里想得到她就这么没节操，还真说求就求。

瞧着肖震鹭一脸蒙了的样子，暮瑟越发觉得烦躁：“我都已经求完了，你倒是松手哇！”

“不！不！不！”肖震鹭忙摇头，“你这没诚意。”

暮瑟急着看小说，才不准备继续和他拉扯下去，又拧起了眉，声调也一同拔高了几分：“放不放？”

肖震鹭一脸无赖相：“不放，不放。”

“好吧。”暮瑟眯了眯眼，瞬间露出个诡异至极的笑，“你逼我的哦。”

肖震鹭没由来地打了个寒战，尚未猜测到暮瑟究竟要做什么，她便已飞快地收回那只不曾被肖震鹭抓住的右手，举得老高：“老师！你看，他拉着我的手！”

暮瑟这一嗓子威力可不小，全班同学都扭着脖子朝这方向看，一时间喧哗声四起。坐镇讲台上的老师沉声喊了句“安静”，径直朝他们这边走了过来。

肖震鹭简直被吓得魂飞魄散，哪里还敢继续抓着暮瑟的手，早就触电似的将手收了回去。

肖震鹭的下场完全可以预料，自然而然被老师喊到办公室去喝茶谈话。

暮瑟则一直憋着笑，直到完全看不到老师和肖震鹭的影子，她才伸出手指戳了戳一脸蒙的温纯如：“以后他要是再欺负你，打不赢也没关系，咱们可以靠智取。还有，你今天回去就把指甲给修剪得尖尖的，他要是再骚扰你，你就用指甲挠他，往死里挠，看他还敢不敢再来！”

暮瑟这一番话说得豪气万丈，温纯如两眼亮晶晶，俨然打开了新世界的大门。

暮瑟突然开始反思，自己是不是带坏了一个好孩子。

第六章

让我脸红的你

你看不出来吗？我想追你呀。

01. 感谢地心引力让我碰到你。

那天，暮瑟原本趴在桌上睡得好好的，半睡半醒中突然发现有道目光锁定了自己，吓得她连忙睁开了眼睛。

暮瑟的座位靠着窗，窗开在走道边上，这时的阳光又恰好穿透了厚厚的云层，洒下万丈金光，氛围便这样被渲染出。

少女闭眼前本还是阴天，直到那人站在了她身边，再一睁眼，已是明媚的大晴天。

阳光穿透玻璃窗，拉出丝丝缕缕细长的光线，而那直面阳光的少年，浑身沐浴在阳光下，他的轮廓与边缘都像已被阳光所融化，以一种不可思议的美呈现在暮瑟眼前。

暮瑟怔了怔，心脏再一次加速跳动。

她不知道自己的心跳为什么突然变得这么快，目光也像是触电一般快速收回。她整个人都开始紧张了起来，有些不知所措地绞着手指。

这个过程明明很短，一切都只是发生在一瞬之间，暮瑟却觉得如同跨越了一个世纪。

时间便这样缓慢且绵长地流淌着，又不知过了多久，暮瑟才听到宋之若说："何盼最突出的是英语成绩，你偏科厉害，相对而言更需要一个数学成绩突出的来辅助你。"

暮瑟一时半会儿没能消化掉这句话，宋之若又弯唇笑了："我和丁老师申请换座位来辅导你，已经通过了，待会儿我就跟何盼换座位。"

暮瑟好不容易对宋之若没感觉了，听完这话，脸还是止不住地发烫了。

不过，换作从前，她一定又会忍不住开始胡思乱想，揣测宋之若这话究竟是什么意思。

而今，她心中再也翻不起一丝波澜，不过脸红地报之浅浅一笑。

肖震鹭那货又忍不住犯病了。

温纯如本趴在桌上睡得好好的，肖震鹭那货偏偏手贱，挑在这时候去扯她的辫子，她那在脑后束成高马尾的头发瞬间散了一背，人也自然顿时清醒。

完全不知道发生了什么的她，一睁眼便对上了肖震鹭那张笑得不见眼的糙汉脸，全身上下每一个毛孔里的困意都被这一眼吓得消失无踪。

一直陷在自己幻想里的暮瑟也终于发现前方有什么地方不对劲，等她意识到发生了什么，准备撸起袖子去修理肖震鹭那臭不要脸的东西时，宋之若已先一步行动。

暮瑟所熟悉的宋之若从来都是一副温润如玉的谦谦君子形象，故而她的记忆里从未存储过宋之若生气发怒的模样。

这还是暮瑟头一次见到宋之若瞪大双目、浑身散发寒气的样子。

在位置上坐得好端端的肖震鹭就这么莫名其妙地被宋之若强行拽了起来。

肖震鹭的目光对上宋之若的眼睛，那里头像是燃烧着一团火焰。肖震鹭忍不住浑身一颤，他本欲挣开宋之若的手，质问宋之若要干什么，又哪能猜得到，宋之若下一刻便张嘴质疑他：“你是不是对温纯如有意思？”

此话一出口，肖震鹭好不容易攒起的气势又给收了回去，他㞞了，是真㞞了，整个人也都有些不好了。

所以，他对温纯如真的表现得太明显了吗？

为什么连班长都知道了？

呆呆地望着这一切的温纯如脸瞬间就红透了，嘴张了半天都不知道该说什么话。

稍有迟疑的肖震鹭连忙挣开宋之若的手，磕磕巴巴地解释：“瞎说什么呢！我才不喜欢这种小鸡仔呢！我就喜欢那种有女人味的！胸大屁股大的！”他这话说得毫无底气，连他自己都不相信，更何况别人。

此时，暮瑟也终于清醒。

是了，她又在自作多情，他这架势分明就是为了温纯如呀。

好在暮瑟是个拎得清的姑娘，不过难受了一小会儿便释然了。

暮瑟的同桌就这么莫名其妙地变成了宋之若。

上课的时候，肖震鹭暗搓搓地给暮瑟传了张纸条。

纸条上写着一行如他本人般潦草的字：“嘿，你说温纯如有没有男朋友呀？”

暮瑟看完简直蒙了，不自觉就念出了声：“什么鬼……”

坐暮瑟旁边的宋之若听到声音，禁不住抬头瞥了她一眼。

暮瑟连忙遮住纸条，嘿嘿一声傻笑，侧过身去给肖震鹭回话：“你怕是想多了，她这么乖才不会早恋。”

肖震鹭看完意味不明地长叹了一口气，也不打算继续藏着掖着了，对暮瑟实话实说：“其实我还挺喜欢她的。”

暮瑟看得直翻白眼，毫不客气地打击着他：“你这是癞蛤蟆想吃天鹅肉，趁早死心吧，我家小纯纯才看不上你。”

肖震鹭叹气，挥笔回了句：“那她会看上谁呢？”

暮瑟转身望了一眼温纯如，又看了看宋之若。

从暮瑟这个角度看去，只能微微看到温纯如的小半张侧脸，可即便是这种角度，都好看得不得了，她那流畅内敛的下颌骨拐角与脖颈处的曲线相接得十分微妙。暮瑟看了又看，只得感叹，为什么有些人总能长这么好看。

至于宋之若，他是暮瑟的同桌，从暮瑟这个角度看去，自然也只能看到他的侧脸。

他的鼻梁不似苏峦青那么直挺，却也还算高，较之苏峦青又多了几分柔和，就像他本人一样，从头至脚都透露出一股清隽的书卷气。

不得不说，这样的宋之若和温纯如走在一起，真是养眼至极。

暮瑟看完温纯如和宋之若，再去看肖震鹭，这差距还真是有点大……

她的视线默默地从肖震鹭身上收回，也没打算继续瞒着他，又回了一条消息："反正她才不会看上你。哎呀，跟你说实话好了，她和宋之若相互喜欢的。不过你也不用瞎想了，他们都是好学生，肯定不会早恋的，你也趁早死心，别想着拖我家小纯纯下水。"

肖震鹭倒是没理会暮瑟的恶意打压，看完纸条后，他一声仰天长叹，活似个怨妇："这还真搞不赢，搞不赢……"

肖震鹭这货倒还算有自知之明，暮瑟顿时就被逗乐了，没憋住，"扑哧"一下笑出了声。

宋之若镇定如常地听着课，温纯如回过头来，望了暮瑟一眼，压根就不明白她究竟在笑什么。

暮瑟连忙摇摇头，轻声解释着：“没事，没事，我就笑笑，就笑笑。”

上课时间里的每一分每一秒总是无比漫长。

暮瑟也不是那种成绩烂到一塌糊涂的学渣，该听的课她也会去听，至于能否听懂又是另一回事了。

下课铃声迟迟而来，正讲到兴头上的任课老师意犹未尽地放下手中的粉笔，抱有期待地问了句：“同学们是愿意继续听下去还是明天再讲？”

每个班级学渣的数量总能碾压学霸，况且学渣往往还都嗓门大，于是，传入任课老师耳朵里的声音全然变成了：“明天。”

任课老师倒也豁达，二话不说便拿起了自己的教案：“好，那就明天。”

学渣们一片欢呼雀跃，甚至还有人高呼“何老师，我爱您”，学霸们则一脸的不高兴，深深觉得自己被这些渣渣给拖累了。

夹在学霸与学渣之间的暮瑟倒没任何感觉，该上课上课，该下课下课。

她手脚麻利地收拾好了自己的书，站在课桌边等温纯如。

温纯如与宋之若虽然是相互喜欢着的，可他们从始至终都不曾确认关系不曾早恋。

暮瑟即便知道了温纯如和宋之若之间的事，也依旧每天和她形影不离，温纯如与宋之若真正算得上亲密接触的时间也只有上下学的路上。

每天共坐一辆车，即便是聊天也都和学习有关。

温纯如有时候也会和暮瑟说她与宋之若之间的事，暮瑟听了只觉得好笑，果然学霸和学霸之间的交流永远都是学习。

宋之若和肖震鹭先行一步去车棚取车。

暮瑟挽着温纯如的胳膊，晒着秋日里微醺的阳光，慢吞吞地走着。

那时，暮瑟本以为卢紫芸事件不过是一个小小的插曲，有过一次便不会有第二次，想破脑袋都没想到，会再一次遇到卢紫芸。

与上一次的正面冲突不同，这一次卢紫芸只有一个人，头发高高绑成马尾，整整齐齐穿好了校服，不似上一次见面时那样松松垮垮地垮在肩上。

温纯如一眼扫过去并没将她认出，只觉得这个女孩子的眼神有些奇怪，总往她们身上瞟，第二眼再扫过去的时候，她几乎就要被吓得惊叫出声。

温纯如无意识地浑身一颤，有些慌张地望向暮瑟。

暮瑟还不知道究竟发生了什么事，感受到温纯如的目光的她下意识地朝身后一瞥。

这一眼只看到卢紫芸一脸可疑地朝她笑。

平心而论，卢紫芸也算是那种长得很好看的女孩子，她那一笑可谓是风情万种，暮瑟却冷不丁吓了一跳，她拉着温纯如的手一紧，满脸警惕地盯着卢紫芸。

“又是你！你到底要干什么？”

她说话的时候声音很大，底气也十分足，倒是有着一定的震慑力。

卢紫芸的笑霎时凝在了脸上，不明所以的路人纷纷转身看着她们。

暮瑟到底是个好好上课不作妖的乖孩子，看到这种在外面混得开的不良少女心中总归有些发憷。

所幸，她们现在正位于校门口正前方的阶梯上，不仅人多，站的位置也超级显眼，随便吼一声都能引来无数人观望，暮瑟倒不怕在这里又被卢紫芸堵，也不怕她待会儿会尾随，反正她这边的人更多，还都是男生，真正令她觉得吓人的是，她压根闹不明白卢紫芸究竟有什么目的。

随着围观群众越聚越多，在单车棚内取车的宋之若和肖震鹭也终于发现了台阶上的异常之处。

肖震鹭这货憨头憨脑的，还正摸着脑袋发呆呢，车锁开到一半的宋之若就已经猛地冲到了阶梯上。

卢紫芸倒是淡定，一晃神的工夫，她又堆了一脸的笑，大大方方地朝暮瑟和温纯如走来："哎呀，别乱想，真没什么别的意思，我就是想跟你交个朋友而已。"

暮瑟白眼都要翻破天际，心想，信你就有鬼了。

她对卢紫芸的嫌弃溢于言表，理都懒得理卢紫芸，直接拉着温纯如转身就走。

暮瑟的态度都已经这么明显了，大抵只要是个人都能明白的吧，可卢紫芸她偏偏要假装什么都看不懂，依旧屁颠屁颠地往上凑。

这时候宋之若距离温纯如只有不到十米的距离，而他也很快就发现了压根就没出任何事。

他的步伐明显有所减缓，暮瑟一撇头就看到了不知道打哪儿冒出来的他。

如今已入了秋，天气早就凉爽下来，他却依旧跑出了满头大汗。

暮瑟先是一愣，随即露出一抹暧昧至极的笑，用手肘捅了捅温纯如的胳膊：“嘿，小纯纯，你看那个人是谁呀，你怎么突然就出现在这里了？是不是想英雄救美呀？”

温纯如的脸瞬间变得绯红。

上一次半路被卢紫芸堵的事她也跟宋之若说过，否则，宋之若也不会突然变得这么激动。

暮瑟笑着松开了温纯如的胳膊，一蹦一蹦地跳下台阶。

卢紫芸的目标显然是暮瑟，见暮瑟跑了，她就像个影子似的一路尾随过去。

暮瑟被她跟烦了，没好气地问了一句：“你究竟是要干什么呀？”

她像个没事人似的眨眨眼：“跟着你，想和你做朋友啊。”

暮瑟白眼简直要翻破天际：“你别是个傻子吧！”

卢紫芸的脾气耐心倒是出乎意料的好，暮瑟都要骂人，她也不带生气，该跟就依旧跟。

暮瑟也实在是拿她没办法，想跟就跟着呗，反正待会儿她是坐苏峦青单车后座的，她还能一路跟在车后跑不成？

不到五分钟的时间，暮瑟就已经走到了校门口。

苏峦青和郭嘉豪并排而立，正站在校门外朝暮瑟狂挥手，一眼看过去，活似一条守在门口等候自己主人放学的大狗子。

一直默默跟在暮瑟身后的卢紫芸双眼登时一亮，几乎就要黏在了苏峦青身上。

苏峦青毫无察觉，倒是把站在一旁的郭嘉豪给看得浑身发毛。郭嘉豪还在纳闷：这妹子到底是要干什么？眼神怪吓人的！

下一刻，卢紫芸便已开口表露自己的意图："你们也住在锦绣家园吧？咱们顺路哎，要不以后都一起走吧？"

她这话也不知道是在跟谁说，暮瑟压根就没搭理，苏峦青也不知道究竟有没有听到，唯有郭嘉豪蒙了。

他也是万万没想到，更让他发蒙的还在后头，卢紫芸才不管有没有人搭理自己，总之，就微微侧过身，一屁股坐在了郭嘉豪的单车后座上。

郭嘉豪整个人当场石化了，卢紫芸却笑得璀璨至极，甚至还伸手拍了拍他的肩，语重心长地交代了句："以后就拜托你了，好好骑哈。”

直至这时，所有人的目光才终于聚集在了郭嘉豪和卢紫芸身上。

暮瑟和不远处正与宋之若并肩走来的温纯如一脸“居然还有这种操作”的表情。

宋之若和苏峦青倒是没任何反应，也就一个肖震鹭一脸愤愤不平，扯着嗓子干号：“兄弟，你可真行啊！啥时候勾搭上了一个这么漂亮的妹子啊？”

其实以卢紫芸在高一年级的名气，肖震鹭又怎么可能不认识她，他就是不明白，郭嘉豪这个技术宅怎么就和卢紫芸勾搭上了。

郭嘉豪也是真冤，可他总不能开口就说“我哪有勾搭，是她自己一言不合就往我车上坐”吧。

他的表情错综复杂，唯恐天下不乱的卢紫芸在他单车后座上笑得花枝乱颤。

郭嘉豪缓缓地吁出一口气，觉得吧，这事还是得说清，于是，他便老老实实地交代了：“她是我小学同学，但我俩一起说过的话保准不超过十句，我也不晓得她怎么就突然坐我单车后座上了。”

卢紫芸脸上的笑容就这么散开了，她显然对郭嘉豪这解释感到不满。

可更令她不满的还在后边，郭嘉豪说完就拍了拍她的肩："妹子啊，你该下车了。"

卢紫芸默默在心中翻了个白眼，脸上却笑得甜腻，与那甜腻笑容极不相符的是她那带着命令式口吻的语气："不要！我就要你载我！"

郭嘉豪盯着她看了半天没说话。

气氛突然就变得很尴尬。

苏峦青和宋之若显然一副游离于六界之外的神情，暮瑟和温纯如则你看看我，我看看你，都从对方的眼中看出了一个大大的蒙字。

也就一个肖震鹭嘿嘿一笑，露出一副看好戏的神情。

"那……行吧，你坐稳了，我要上车了。"

不论是谁都没想到郭嘉豪下一句话居然是这个，就连做好了死缠烂打准备的卢紫芸都是一副幻听了的表情。

紧接着，她便又发出"啊"的一声惊呼，郭嘉豪那货还真上车了，她都还没抓稳呢。

这时候，卢紫芸哪还有空去想别的事，两只手紧紧地抓住郭嘉豪的单车座。

郭嘉豪说走便走，其他人更是没有继续留在这里的理由。

苏峦青载着暮瑟一个猛冲，直直地冲在了最前边，宋之若和温纯如依旧不紧不慢地跟在最后边。

形单影只的肖震鹭紧黏着郭嘉豪那辆车，边骑边做痛心疾首状，絮絮念叨着："啊！说好的一起打光棍，怎么转眼就只剩下了我？"

郭嘉豪懒得搭理这个人来疯，一言不合就猛蹬踏板加速，分分钟将肖震鹭那货甩在了身后。

卢紫芸也不知道究竟是被肖震鹭那货的拙劣演技给逗笑了还是怎的，一直坐在郭嘉豪身后咯咯笑个不停。

她这笑声就像长了钩子的小银铃，"咯咯咯咯"，勾魂似的在郭嘉豪耳畔绕啊绕，他没由来地一阵心痒，有什么东西突然闯入了他心房，又"砰"的一声溢了出来，像被人剧烈摇晃后又拧开瓶盖倒出来的碳酸饮料，那些不明液体产出的泡沫越来越多，不到一会儿便堵住了他整颗心。

他突然觉得自己胸腔闷闷的，却又不是那种心情不好或者极度消沉时的酸胀感，他很想开口和卢紫芸说说话，聊什么都行。

他想了很久，久到卢紫芸的笑声都已经停下了，开始抱怨他像个锯嘴葫芦一样，一棍子敲下去都憋不出半句话。

他的上唇和下唇一同微微嚅动，半晌，才说出一句令他觉得最妥当的话：“你到底有什么目的？”

这话怎么听都觉像是在诘问。

卢紫芸仍是一副毫不在意的模样，笑意盈盈地说着在他看来恬不知耻的话：“你看不出来吗？我想追你呀。”

卢紫芸的声音和她过于成熟的外表不同，她的声音很甜，甚至还带着一丝小奶音，入耳舒适至极，就像有一团绒绒的羽毛不停地在你耳边轻轻拂过。

郭嘉豪的反应有些剧烈，心脏骤然一缩，整个身体都变得不协调，差点就因重心不稳，连人带车一同栽在地上。

卢紫芸吓得再度惊叫出声，在她以为自己即将与大地来个亲密拥抱之际，单车再度找回了平衡，几乎就要被吓得魂飞魄散的她终于六神归位，缓缓吁出一口浊气。她下意识地想张嘴骂人，一低头却发现自己的手不知道什么时候搂住了人家的腰。

她其实也就是看着大胆豪放，实际上也不是个多奔放的姑娘，那些骂人的话顿时就被咽回了肚子里。她触电似的将手收回，再度抓住单车坐垫，没好气地嘀咕了一句：“你这是怎么骑车的啊？”

郭嘉豪的声音听不出任何情绪，只是轻柔得出奇：“不爱坐，就下去，自己走。”

“哎……你这人怎么这样啊！”卢紫芸愤愤不平地抱怨了起来，“我可是女孩子！而且你知道我们二中，还有你们一中有多少人想追我吗？”

郭嘉豪的声音听上去仍无任何波动：“所以呢？这跟我有什么关系吗？”

卢紫芸被呛得说不出话来，嘴巴嘟得都能挂上一个油饼，只可惜郭嘉豪在她的前方，什么都看不到。

“怎么就跟你没关系了！”卢紫芸才不管这么多呢，豁出去了，不依不饶地死缠烂打着，“所以，你记得明天来接我哦。不对，是以后天天都来接我，我家就住在六栋，你应该知道的。”

“我为什么非要去？没任何好处的事，我才不做。”郭嘉豪说是这么说，嘴角却已经高高翘起。

“怎么就没好处了！”卢紫芸极力争辩着，“你不费一点力地载着我这么一个大美女多拉风啊！这不就是好处嘛！”

郭嘉豪不冷不热地回了句：“哦。”

卢紫芸简直要气到发狂，却又不能发作。气得牙痒痒的她恨不得伸手在郭嘉豪腰上掐一把，又怕会翻车，只得把这口气往肚子里咽。

二十分钟后，骑车小分队全员抵达小区门口。

打卢紫芸下车的那一刻开始，所有人的目光都锁定在了郭嘉豪身上。

郭嘉豪被大伙盯得浑身发毛，不知道的，还以为他做了什么伤天害理的事一样。

这件事的始作俑者卢紫芸反倒像个无关紧要的局外人，依旧眯着眼睛站那儿笑。

郭嘉豪只觉得一个头两个大，偏偏还不知道该如何去解释。

杵在一旁的卢紫芸像是看够了热闹，连忙转身朝郭嘉豪道了声谢。

郭嘉豪大手一挥，哪敢接受，只期望她别又整出什么幺蛾子来。

果不其然，这个想法才打郭嘉豪脑袋里冒出，卢紫芸又开始作妖了——

她冲郭嘉豪眨了眨眼："明天记得准时来接我哦。"

不待郭嘉豪做出反应，便拎着书包跑了。

众人的目光再度齐刷刷地落到郭嘉豪身上，郭嘉豪有苦说不出，深刻觉得自己一不留神就栽进了阴沟。

那时候郭嘉豪只当卢紫芸是一时兴起，没事逗着他玩，又哪能想到，自那天以后呀，卢紫芸还真就缠上了他。

也就自那天以后，暮瑟几乎天天都能看到她，上学便准时和郭嘉豪一同出现在暮瑟家楼下，放学也永远不会迟到，总是早早便守在了单车棚边上。

八卦总是莫名有一股吸引女孩子的力量，暮瑟和温纯如私底下也经常谈论起郭嘉豪和卢紫芸的事，事实证明，纯良如温纯如都不相信卢紫芸会喜欢上郭嘉豪。

那么，卢紫芸的真实目的又是什么呢？

直至某个放学回家的路上，郭嘉豪才终于按捺不住地说出了真心话："你其实是喜欢我苏哥吧？"

心情愉悦晃着腿的卢紫芸立马就僵住了，她停顿了足有三秒钟的时间，本要开口反驳，郭嘉豪的声音又一次响了起来："可我不明白，你喜欢苏哥就算了，干吗非要拖我下水啊？”

卢紫芸的心事被揭露无遗，却还要嘴硬：“没有啊，我就是喜欢你，我最喜欢你了，暗恋了你足足九年，你肯定不知道吧，我对你可是真心的。”

这话一听就是假的，郭嘉豪也没当真，倒是起了逗卢紫芸玩的心思：“原来是这样啊，可真巧，我刚好也喜欢你，既然咱们是两情相悦，那我就再骑慢点好了，你也别老把眼睛往我苏哥身上飘，可得好好照顾我的情绪。”

卢紫芸顿时哑口无言，默默收回放在苏峦青身上那堪称露骨的眼神。

许是因为自己小胜了一局，郭嘉豪看起来心情甚好，甚至还哼起了小调：

感谢地心引力

让我碰到你

漂亮的让我面红的可爱女人

温柔的让我心疼的可爱女人

透明的让我感动的可爱女人

坏坏的让我疯狂的可爱女人

……

郭嘉豪就是那种普通到不能再普通的路人长相，不高不矮，不胖不瘦，不帅不丑，唱歌却出乎意料地好听。

原本还张牙舞爪要“咬人”的卢紫芸瞬间静了下来，难得露出乖巧的表情。

她静静地坐在郭嘉豪的单车后座上，半眯着眼睛听他唱完这首歌。

卢紫芸纵然瘦，可到底也还是个活生生的人。车后载了个人，速度自然要比一个人的时候慢上许多，再加之，他本身就没有要超过前面一伙人的意思，才十分钟不到，就已被所有人甩开一大截。

当那首歌的最后一句歌词从他喉间缓缓流淌出，一直坐在后座安静倾听的卢紫芸方才再度开口说话：“你唱歌好好听啊，都可以去参加选秀了。不过，你长得普通了点，估计只能做实力派。”

郭嘉豪并未搭理她。

实在闲不住了的卢紫芸又开始东问西问：“哎，我问你个问题哦，你说……苏峦青是不是喜欢那个叫暮瑟的妹子啊？”

郭嘉豪不做任何表示。

卢紫芸才不管人家有没有搭理自己，仍絮絮叨叨地继续问着：“他们是不是在一起了呀？”

……

这个问题卢紫芸一连问了好几遍，听到耳朵都快起茧的郭嘉豪终于听不下去了，简单粗暴地回了一句：“不知道。”

本以为这样就足以堵上卢紫芸的嘴了，哪晓得她就像是被话痨给附身了一样，不停地自言自语：“其实呢，他们即便在一起了也没什么关系，只要锄头使得好哪有墙脚挖不倒！哈哈哈哈……”

也不知道是不是被她那自娱自乐的精神给感染到了，本还面无表情的郭嘉豪嘴角微微向上扬了扬，又一次哼起了小调：

故事里的小黄花

从出生那年就一直飘着

童年的荡秋千

随记忆一直晃到现在

……

02. 别管那是非，只要我们感觉对。

同行的六人里又莫名其妙多了一员，这对暮瑟、苏峦青以及温纯如和宋之若来说并无任何影响，反正不论和谁一起他们都是两两成双，真正能影响到的也就郭嘉豪和肖震鹭。

肖震鹭是各种羡慕嫉妒恨，时不时地心疼自己后座上连个妹子都没有。

至于郭嘉豪，他的感受则要复杂许多。

他明明有些嫌弃卢紫芸一天到晚犯花痴，却又狠不下心来直接将她拒绝，甚至有时候，他会觉得，这样的状态若能一直持续下去，似乎也不错。

少年人的心事一如少女那般纤细，偏偏男孩子之间从不提起这样的话题。

郭嘉豪只觉得自己的心一天更比一天痒，有什么东西像要即将破壳而出，迎风绽放。

郭嘉豪不曾想到的是，这样的日子也即将走向尽头。

变故是在周五放学的路上，卢紫芸依旧一下课便直接往单车棚里跑，死缠着暮瑟一行人不放。

这天，暮瑟、苏峦青、郭嘉豪三人却不是直接骑车回家，而是钻进了校门口的一家书店。

那家书店不大，甚至还算得上有点小，可就这么一点大的地方，几乎能找出市面上所有喊得出名字的期刊和小说。

卢紫芸不明所以地看着大伙一同走了进去，本还在思考自己要不要也进去看看，暮瑟、苏峦青、郭嘉豪三人便已并排走了出来。

卢紫芸仍是笑眯眯的，视线却老往他们手上瞥。

此时的她和那三人距离甚远，一眼看过去只看到每人手上都拿了一个东西，看厚度像是一本书，看封面的排版和颜色，应该是一本杂志。卢紫芸下意识地走近，问了一句："你们手上拿的是什么呀？"

苏峦青谨遵暮瑟教诲，从头至尾都将她视作透明人，听到这话，并无任何反应。

暮瑟也是只想摆脱她，没想着办法刁难她已经算是很给面子了，哪里还会理睬她。

如此一来，卢紫芸的境地又有些尴尬，她自己却像是毫无察觉，仍笑眯眯地将那话再重复了一遍。

原本也准备装哑巴的郭嘉豪大抵是有些看不下去了，在大家都选择沉默的时候回了句：“《九州志》。”

本还笑得一脸傻白甜的卢紫芸两眼一亮，瞬间就激动了：“你们也看这个啊！”

苏峦青低头看着暮瑟头顶那撮傲娇翘起的呆毛，依旧没做出任何反应，脑袋里却在想，他这时候该不该把暮瑟头上的那撮头发按下去。

暮瑟则两眼发直正视前方，正在思考，今晚究竟是该回家吃还是去苏峦青家吃。

唯有郭嘉豪接了卢紫芸的话：“对，我们几个都看这杂志。”

这可高兴坏卢紫芸了，她“忍辱负重”潜伏了这么多天究竟是为了什么呀！还不是为了能找到接近苏峦青的机会，哼哧哼哧挖墙脚。

这下终于给她找到了个和大伙一致的兴趣爱好，她能不激动吗？

于是，她便如同一个见了猎物两眼放光的大尾巴狼：“我！我！我也很喜欢这个！”

此言一出，依旧没人搭理她，就连郭嘉豪都想不出该以怎样的话来搪塞，她却又开启了自言自语、自娱自乐的模式：“我一直以为这是个很小众的杂志，因为身边压根就没人看。”

暮瑟虽一直都很努力地让她感受到自己的冷淡，可她到底还是个生性活泼的女孩，再加之卢紫芸这话也是真说到她心坎里了，她立马就忘了大家一起孤立卢紫芸让她自动退出的协议，下意识回了句：“是呀，很多人都不知道还有这样一本杂志，其实这杂志真做得挺好的。”

卢紫芸一句无心之话一下引起了大家的共鸣。

原本对她态度冷淡的暮瑟破天荒地和她聊了起来。

当温纯如、宋之若及肖震鹭三人一同走来了，便看到了这样的一幕。

阳光渐渐暗淡，原本浅金透白的阳光隐约被染红，整体透着橘色的调，像是被人用大号排刷一笔一笔地刷在了原本碧蓝的天空上。

黄昏将至，每个人的头发都被染上一层暮色。

暮瑟翻动着手中的杂志，笑意盈盈地和站在一旁的卢紫芸说些什么。

挂在卢紫芸唇畔的笑不比暮瑟浅多少，她的笑不似从前，只有嘴角高高翘起，眼睛里却始终不沾染任何情绪。这一次，她的笑很清很透，不沾染一丝杂质，是发自内心的笑。

从前，大伙即便每天一同上学放学，到最后，也都是两两一组。

今天回去的路上破天荒地没有分散而行，一群人推着车，慢慢地走，慢慢地聊。夕阳西下，他们的身影渐渐被拉长，与不断被风吹得四处摇晃的花枝树影缠绵在一起。

每个少年的心中或多或少都有一个英雄梦，现实中的世界却是这般的无聊乏味，校服禁锢了他们的身体，学不完的课本知识塞满他们的脑袋，他们也不似儿时那般天真无邪，披着床单便能假装仗剑天涯的济世大侠，于是，那些印满铅字的武侠奇幻杂志便成了他们最大的消遣。

暮瑟头一次觉得放学回家的路途竟是这么短暂，明明从前总巴不得能有个任意门，一打开就可以回到家，今天却意外地舍不得回家，明明都已经到了小区门口，所有人都已经散了，她仍意犹未尽地站在原地回味。

苏峦青笑吟吟地俯身望着她的眼睛："瑟瑟，你今晚来我家吃饭还是回家吃呀？"

暮瑟想了想，说：“去你家吧，我妈今天留的菜我都不是很想吃。”

高中生活便是这样，越往后走，学业越繁重，暮瑟已经好久都没去苏峦青家吃晚饭了。

一听到暮瑟的话，苏峦青便忍不住弯起眼睛，乐呵呵地回了句：“好嘞。客家今晚都想吃哪些菜呀？小的都给您提前备着。”

暮瑟大手一挥，颇有种侠客风范：“二斤酱牛肉一壶酒，再来几个小菜。”

巧得很，苏家冰箱里恰好就有卤好的牛肉，苏峦青将它们切成薄厚一致的片儿，又调了个蘸酱，再又做了酱烧杏鲍菇、烫菜心，以及鱼丸生菜汤。

暮瑟美滋滋地喝着汤，学着电视剧里的侠客一般左手捧汤碗，右手夹着牛肉，豪气万丈地端着碗对苏峦青说：“来！干了这碗汤！”

苏峦青还真像个傻子似的端着汤碗和她轻轻一碰，两人便开始仰头喝汤。

大抵是被自己和对方这智障一般的行为给逗乐了，两人搁下碗就笑成了一团。

相比较之下，暮瑟笑得更为夸张，眼泪水都冒了出来。

这两货平常里虽然也算不上多“正常”，却很少像今天这样智障，大抵还是受了放学路上那番谈话的影响。

笑完后两人终于又都恢复了正常，苏峦青替暮瑟盛了小半碗饭，暮瑟接过碗便埋头开吃。

苏峦青的手艺一如既往地好，暮瑟都已经懒得开口去夸赞，可苏峦青仍扯长了脖子巴巴地望着她。

暮瑟莫名地就被看出了一点压力，连忙咽下口中的肉，竖起大拇指夸了一声：“好！非常好！特别好！”

别看暮瑟夸得这么敷衍、这么浮夸，其实她也是打心眼里觉得，没有谁做的菜能超越苏峦青。

苏峦青也不介意暮瑟的“虚情假意”，笑得眼睛都弯成了月牙儿的形状。

几口饭菜下肚，原本空荡荡的胃终于有了东西垫着，不再有饥饿感的暮瑟终于放慢了吃东西的速度，和苏峦青聊起了今天发生在学校里的事。两人一边吃一边聊，不知怎的，话题最后又回到了《九州志》上。

明明还没看最新一期的内容，有很多东西都是从前谈论过的，他们却依旧聊得兴致勃勃。

然后，汤足饭饱的暮瑟又异想天开了，突然露出个神秘中又带着丝丝邪恶的笑。

以苏峦青对暮瑟的了解，又怎么会不知道，她这是又想到了什么奇奇怪怪的点子。

暮瑟却习惯性地又卖起了关子：“嘿——你猜我现在在想什么？”

苏峦青如实摇头：“不知道……”

暮瑟笑得越发神秘：“你就猜猜呗。”

“嗯……”苏峦青还真若有所思地托着下巴在思考，“跟《九州志》有关？”

“对！”暮瑟猛地一拍手，本就亮晶晶的眼睛越发亮，“机智！”

纵然苏峦青对暮瑟了解很深，可他到底也不真是暮瑟肚子里的蛔虫，若让他再往下猜，可真猜不到了。

于是暮瑟也不继续卖关子了，开门见山地说：“我在想啊……既然大家都喜欢《九州志》都喜欢武侠玄幻，而且我们人也很多，不如大家一起成立个团队呗，创造个和‘九州’类似的世界。”

暮瑟这个想法可以说是很大胆了，可苏峦青呢，偏偏又是个无论暮瑟想做什么都统统无条件去支持的头号迷弟。

暮瑟才说出自己的想法，他便立马付诸行动。

他恰好在“哄骗”大家一起陪暮瑟骑车的时候建了个QQ群，那群也就是在组织大伙骑车的前一夜派上了用场，之后再没用过。

他立马拿起手机，将暮瑟邀请进群。

暮瑟大致猜到了苏峦青要做什么，连忙去抢手机阻止：“等等，等等！我就是随口一说，你先别告诉别人啊！”

苏峦青朝她温柔一笑：“没事儿，我觉得这个提议挺好的，大家应该都会感兴趣。”

暮瑟反倒在这时候闹起了别扭：“不是……我就觉得什么都没准备好，这样会不会太突然了呀？要不，咱们今晚先商讨商讨，等把很多东西都确定了再去和大伙说？”

苏峦青放下了手机，又一次点头：“好。”

暮瑟吃饭的速度向来慢，今天倒是出乎意料地快，两三下就扒完了一碗饭，一旁盯着的苏峦青只觉心惊胆战，生怕她一个不留神就把自己给噎着了。

可看她那美滋滋的小样儿倒好像也没多大问题，苏峦青这才放心，又起身给她倒了杯柠檬水清口。

苏峦青还在餐厅收拾碗筷，暮瑟便从自己书包里掏出了纸和笔，趴在茶几上写写画画。

她现在写的是自己的一些想法，包括整个世界的创建方案。

虽然一切都是参考《九州志》，以《九州志》为原型，可暮瑟仍觉得可以再增添一点别的东西。

譬如说九州世界就是个纯粹的东方玄幻构架，那么他们所要创建出的世界便可以以真实世界为蓝本，可以有以古代中国为原型的东方大陆，以古印度为原型的南亚大陆，以英国古代历史为原型的欧洲大陆……

等苏峦青收拾好一切，来到客厅时，暮瑟心中那个世界的雏形已铺在纸面上。

苏峦青是真觉得这想法不错，暮瑟转着笔眉飞色舞地和苏峦青进行着讲解。

她说："我觉得，我们要是真想创建这个世界，就可以顺着这个点将整个世界进一步细分下去，而且我觉得每块大陆上所发生的故事可以按照同一时间轴来……"

原本还对自己想法毫无自信的暮瑟越说越多，越说越激动，转眼间就已经到了十点半。

暮瑟可不能回家太晚，晚了老妈又得念叨，让她以后给苏家当女儿好了。

暮瑟再意犹未尽也得收拾东西往家走，所幸今天是周五，周六早上可以赖床不用早起，那么也就是说，尚未商讨完毕的内容仍能用 QQ 延续。

一想到这个，暮瑟迈步的幅度都大了许多，苏峦青瞧着她这小样儿便觉好笑。

暮瑟洗漱完躺在床上，已是晚上十一点半。

她一翻开手机便看到了苏峦青发来的消息，两人又是一阵激烈讨论，最终确定就按这个路线走。至于其他几名小伙伴，苏峦青则神秘兮兮地发了条消息，告诉大家明天小区秋千架附近见，有重要的事要和大家宣布。

暮瑟一整晚都没睡好，窗外有风声雨声车鸣声，她脑中的那个世界地图已经渐渐清晰明了。

这注定是个不眠之夜，暮瑟一个人躺在床上，翻来覆去睡不着，满脑子都是她即将要创造出的世界。

03. 整个世界正在对我们进行挑衅，就算如此还是得无畏前进。

周六，暮瑟大清早就被苏峦青的电话吵醒。

一肚子起床气的她本要使小性子闹脾气，一听到苏峦青说，大伙儿都快到了，满肚子的起床气顿时泄得瘪瘪的。

她一个鲤鱼打挺，连忙从床上爬起，洗漱完毕，随手在衣柜里抓了两件衣服往身上套便出门了。

不曾想到的是，暮瑟并非来得最晚的那个，还有人迟迟没有到来。

暮瑟坐在秋千上晃啊晃，倒也不明白，究竟还有谁没来，在她看来，他们的团队里也就她、苏峦青、温纯如、郭嘉豪以及肖震鹭五个人，连每天跟大伙儿一同回家的宋之若都未被她算进去。

又过足足十分钟，那最后一名成员才姗姗来迟。

那名成员穿着电视明星一般成熟时尚的长裙，外面搭了件薄针织衫，金棕色的大波浪卷发一路垂至腰际，不是卢紫芸又是谁。

暮瑟也是万万没想到，自己要等的人竟然是卢紫芸。

像是看出了暮瑟的疑惑，苏峦青连忙开口解释：“她是郭嘉豪强力推荐的，听说画画很厉害，得了不少奖。我觉得她可以做咱们团队的美工，没事画画人设和地图也挺好的。”

听完这话，暮瑟才终于释怀。

凭良心来说，她真不是个不论别人做什么事都能轻易说原谅的姑娘。

纵然卢紫芸现在一直黏糊糊笑嘻嘻地跟在他们身边，她仍不会忘记那天自己与温纯如被堵着的画面。

大抵只有苏峦青和郭嘉豪提前知道卢紫芸会出现，不仅仅是暮瑟，连肖震鹭和温纯如都是一脸不可思议的表情。

不过，温纯如的表情要更耐人寻味一些。

暮瑟本以为温纯如是出于本能反感卢紫芸这个人，最后的结果却完全出乎她的意料。

温纯如盯着卢紫芸看了好一会儿，才撇头过去，悄悄咬着暮瑟耳朵说：“瑟瑟，我在想，既然卢紫芸都可以加入我们，那能不能让宋之若也来呀？”

“咳……”暮瑟一个不留神，又被呛了下。

温纯如却仍是那副呆萌的表情，巴巴望着她等答案。

暮瑟实在不知道该怎么回答。

毕竟那可是她曾喜欢过的男孩子呀，即便现在已经放下了，不喜欢了，但总归还是会觉得有些奇怪呀……

暮瑟想了很久，才终于憋出一个正当合理且又委婉的拒绝理由："怕是会耽误他学习吧……"

温纯如仍是那副纯良的模样，丝毫不曾察觉暮瑟的不情愿，她眼睛亮晶晶的，盯着暮瑟满是期盼："不会的，不会的，只要合理安排时间不沉迷进去就不会影响到学习，而且他也很喜欢《九州志》呀，他也很想加入的！"

好吧……

暮瑟突然觉得自己该好好反思一下，想拒绝就拒绝，干吗还要绕来绕去？

总之，暮瑟已经没有机会再去拒绝了，他们这个团队就这么莫名其妙地又多出了一号人。

所有人到齐以后，一行七人全往苏峦青家里跑。

在此之前卢紫芸只知道苏峦青又帅家里又有钱，可从未想到，他家竟有钱到这种地步。

家住别墅区不说，还是视野最佳的半山地段，自带庭院和泳池。

卢紫芸自家的经济状况本就不错，虽说她爸是中六合彩发的家，常年被人调侃暴发户，可如今她爸的生意也算做得相当大，纵然如此，她家也只在这小区里住连排别墅，并不是说这里的房价有多贵，只是因为这里的房卖得俏，不仅仅是别墅，随随便便一户商品房都得靠抢，更何况那限额六户的半山别墅，能住在这块地皮半山别墅里的可都不是一般人。

一想到这一层面，卢紫芸便觉苏峦青看上去变得更顺眼更帅，整个人俨然一行走的提款机。

苏家别墅里不雇保姆，只住苏峦青一家三口，因此就显得尤为冷清空旷。

今天一下就涌入了七个人，这冰冷的别墅里也终于沾染上了一丝人气。

苏峦青一进门便说了句："你们随意坐，要吃什么，要喝什么自己去厨房随意拿，我也懒得动手招呼你们了，反正都是几个熟人。"

在场的人中也就一个暮瑟老往苏峦青家里跑，除此以外，不论是郭嘉豪还是肖震鹭也都只在院子外远远看了一眼，还是头一回走进来。

如此所导致的结果就是，除了暮瑟，所有人都很拘谨。

暮瑟一心只想和大伙儿敞开了去商讨有关那个世界的事，连忙从自己包包里掏出本子和笔。

这并不是她昨晚临时起意写的东西画的图，是回家后再进行扩充和修改的优化版本。

暮瑟甫一摊开本子便吸引到了所有人的注意。

她将那些零碎的脑洞组织成语言，声情并茂地陈述了出来。

纵使苏峦青是个已经听过一次的人，再听暮瑟这么绘声绘色地讲一遍仍觉热血沸腾。

暮瑟的这一次演讲可以说是非常成功，接下来要做的便是给团队成员们分配任务。

主编人选毫无疑问落到了暮瑟身上，卢紫芸画人设和插画，宋之若、温纯如以及肖震鹭、苏峦青各自挑选一个感兴趣的大陆来写，至于郭嘉豪，他一个既不能写又不能画的，苏峦青是准备将他作为编外人员，没活干的时候给大伙儿提些建议，但主要工作内容还是编程做 UI 设计，是的，苏峦青并未完全按照暮瑟所想而来，他还有自己的想法和建议。

在他看来，暮瑟所创建的这个世界完全可以依附互联网推广出去，每个人都能发挥自身所长，参与进来，这才是他所想要的团队。

暮瑟从未想过，她的临时起意能让这么多人上心。

亦不曾想过，这件事的准备周期比想象中更长。

每个人都怀着一腔热血，积极做着前期准备。

这个世界的构造虽然纯属虚构，却也几乎全部借鉴了真实世界的历史。

于是，在网络还不算太发达的2009年，校图书馆成了他们最常去的资料收集地。

他们的准备周期很长，既要完善世界框架设定，又要兼顾学习，断断续续，花费了近两个学期的时间才做好一切准备。

当他们统筹好一切，已是第二个学期的期末。

漫长的准备工作不曾消灭他们的热情，反倒打磨了他们的意志。

04. 认真投决定命运的硬币，却不知道到底能去哪里。

冬去春来，忽而夏至，连教学楼外一丛开足了百日的无尽夏都已谢了。

新的学期悄然而至，不知不觉间竟又到了九月。

高二究竟意味着什么呢？

意味着课业更繁忙，意味着将要文理分班。

相处了整整一年，好不容易混熟了的同学就这样被打散，散落到各个不同的班。

暮瑟数学差到天怒人怨，理科成绩自然也没好到哪儿去，自然选择了文科。

明明知道自己学习成绩和温纯如相差十万八千里，在宣传栏前看分班的时候，暮瑟仍抱有幻想，期盼自己能再度与温纯如分到同一个班。

她的期望注定要落空。

排名年级前十的温纯如自然而然被分到了重点班，而暮瑟这种处于中下游的则被塞到了平行班，从前的班主任丁老师甚至还语重心长地和她谈了一席话，问她要不要学个专业特长，以免将来考不上学校。

暮瑟当然知道自己有几斤几两，高一下学期的时候便成了一名艺术生，和卢紫芸同画室，也就在这时候，她才终于明白了苏峦青和郭嘉豪的良苦用心。

宣传栏前的人渐渐走散，从人满为患到只剩三两人，也就不到半小时的工夫。

时间过得太快，暮瑟突然想起了初中毕业，她与朝夕相处了近九年的苏峦青分开，独自一人来到二中的时候。

那时候的她是怀着一种怎样的心情呢？

她突然回想起了。

高中与有钱就能上，且尚在九年义务教育期限内的小初不同，中考算是绝大多数人的第一道分水岭。

这些年来暮瑟身边一直有个苏峦青，突然变成她一个人，莫名有些不习惯。

她在人山人海中找到宣传栏，又独自一人挤入人群，艰难地靠近宣传栏，一行一行寻找自己的名字。

从前苏峦青一直都在身边，不论做任何事，都有他陪伴，大抵也正因如此。

有他在，成了一种习惯。

于是，从她脑袋里冒出的第一个念头便是，这时候若是苏峦青在，定然轮不到她做这种事，只需要安安静静站在一旁，等着他从人群中走来。

彼时的她尚不知晓，这种莫名其妙又理所应当的想法究竟意味着什么，她只知道，从前一直都在抗拒苏峦青，嫌弃他烦，嫌弃他黏人的她似乎有点想念那个二货了。

暮瑟人矮体轻，往前挤的过程可以说是举步维艰，好不容易距离宣传栏近了一点点，立马又被往外走的人给挤开，她有些力不从心，几次三番下来，险些就要被人挤到，脚下一个踉跄，几乎就要与大地来个亲密拥抱。

与地心引力做斗争失败的暮瑟坦然接受自己的落败，正准备敞开双臂紧拥大地呢，后领就被人给拽住了，勒得她脖子疼，几乎就要喘不过气，不过，这样倒也成功阻止了她与大地母亲拥抱。

站稳脚跟的暮瑟摸着脖子咳了几声，挤在宣传栏前的人着实太多，她全然没看清那名出手救自己的壮士的脸，只从头顶听到一个温柔的嗓音："同学，你叫什么名字？我帮你找找。"

暮瑟愣了一下，随后，下意识地开口："暮瑟，日暮的暮，锦瑟的瑟。"

“高一2班。”那把嗓音再度从人群中传来，“真巧，我叫宋之若，也在2班。”

当那人穿越人海，自人群中走出时，暮瑟都已经傻眼了，呆愣愣地望着宋之若，半晌才挤出一句话：“你是……”

话一出口，她才觉自己犯傻了。

她从来就知道有宋之若这一号人，可宋之若却不曾知晓有个叫暮瑟的女孩悄悄喜欢着他。

暮瑟对宋之若的感情大抵能归之为一见钟情。

或许又因碰到的时机太巧，不论做什么都是三分钟热度的暮瑟居然喜欢了他这么久。

暮瑟正因自己的一时语快而懊悔着。

宋之若却朝她笑了笑，语气温柔：“嗯，我也是锦绣家园的，住在二期。”

他这话许是在替暮瑟化解尴尬，又或许是无心之言，可也就仅仅因为这样一句话，小脸憋得通红的暮瑟才终于得以解放。

她偷偷松了一口气，点头如捣蒜：“是的，是的。我知道！”

少女的心事便是如斯简单，她哪里还有方才的窘迫，心里早就乐开了花。

默默想着：原来他知道我也住那里？是不是说明，他其实也有偷偷关注我呢？

她心中明明狂喜，又不好意思表现得太过明显，死活压制住那一言不合就要往上翘的嘴角。

直到宋之若穿越人群，带着她往 2 班的方向走时，暮瑟的脑袋都还有些晕乎乎，一路走去都像是踩在了棉花上，轻飘飘且软绵绵，她觉得自己在某一瞬间几乎就要被幸福给撞闪了腰。

这次的路程不比一年前她与宋之若的初遇，那时候也是他替素未谋面的她带路，一路将身为路痴儿童的她送回了家，那时候的她可谓是心绪复杂，又觉欢喜，又觉惆怅，欢喜的是居然还有个这么温柔好看的男孩子和她同住一小区，惆怅的是，她连这个男孩子的名字都不知道，又或许这只是她漫长生命中的一次浪漫邂逅，浪漫过后一切都将化为虚无。

这次与他一同并肩走在校园的路上，暮瑟却无半点怅然若失的失落，说到底还是处境不同吧。

从前呢，一旦分别，便不知下次再见是何时，甚至，很有可能只是惊鸿一瞥便再无下文。

毕竟没有人能够知道，一次不经意地说再见以后，是否真的就再也不会见。

而今，她不但知道了他的名字，甚至还与他成了同班同学。

暮瑟越想越觉兴奋，所以说，如果这都不是缘分，那么，又有什么能被称作缘分呢？

彼时的她是那样的喜欢宋之若，满脑袋都在冒粉红色的泡泡。

又何曾想过，未来究竟会变成怎样。

暮瑟的思绪一点一点被拉了回来。

最后的最后，宣传栏前连三两个路人甲小猫都找不出来，只余暮瑟和温纯如。

暮瑟突然觉得有些伤感。

一股说不清道不明的情绪倏地涌上心头。

她声音里带着自己都不曾察觉的哭腔：“没想到，我们真的要分开了。”

学生时期的友谊便是这样，黏黏糊糊，连上厕所都要手拉着手，不过分开一会儿便像得了相思疾。

连暮瑟都尚且如此，温纯如更是早就红了眼眶。

她恋恋不舍地拽着暮瑟的衣角，牵住她的手：“瑟瑟，我舍不得你……”说到后面，有些哽咽。

暮瑟也知道她们并不是再也见不到面，可就是止不住地难受，她看到温纯如这个样子就更难受了，刚要与她十指相扣说些藏在心底里的悄悄话，身后却猝然响起一个声情并茂的声音：“啊……问世间情为何物，直叫人生日相许啊！生死相许……”

那些即将说出口的话含在暮瑟舌尖打着转，转啊转啊转，最后愣是滚进喉咙，咽回了肚子里。

而那声情并茂的声音仍在继续：“英台，我要与你一同化成蝶。”

说着说着，他便唱了起来：“化蝶飞，化蝶飞，因你沉鱼落雁而陶醉，扑啦扑啦，扑啦扑啦追，相随。”

暮瑟这时候哪儿还有心思去伤感，那突如其来的悲伤早已被突如其来的“愤怒”所替代。

于是，一秒后，那放飞的歌声变成了“嗷呜嗷呜”的惨叫声。

暮瑟连踹了肖震鹭六脚都觉不解气，又给他送了一肘击才作罢。

肖震鹭还觉着委屈，可怜巴巴地抱住自己庞大的身躯：“暮瑟同学，你怎么老这么凶残！我不过是开个玩笑。”

“玩你个头！”暮瑟一声冷哼，牵着温纯如转身就走，压根不想搭理肖震鹭那傻子。

肖震鹭却像条尾巴似的屁颠屁颠地跟在她们身后走：“哎！别不理人啊，别生气啊！别跟我苏哥告状啊。”最后一声哀号可谓是撕心裂肺。

温纯如看了直觉不忍心。

暮瑟却像个霸道总裁似的扣着她的肩：“别回头，傻 × 会笑。”

于是，温纯如又默默将头转了回来。

肖震鹭却乘着这空当，“噌噌噌”地追了上来，并且一个大鹏展翅，挡住了暮瑟和温纯如的去路。

暮瑟一瞪眼，毫不留情面：“滚滚滚，好狗不挡路！”

肖震鹭委屈地噘嘴：“哎哟……至于嘛。行了行了，别耍小性子了，我又不是苏哥，哎，我其实就想问问你们去了哪个班嘛。告诉我呗。”

暮瑟又牵着温纯如绕过肖震鹭这一巨型障碍物：“你又不瞎，不知道自己看啊！”

肖震鹭也不恼，又死皮赖脸地凑上去：“哎，其实我想跟你们商量商量，这周末要不要组织一次同学聚会？全校好像就咱们班被分得最散，大家都做了一年的同学了，却都还没聚过一次餐。”

暮瑟终于将肖震鹭的话听了进去。

暮瑟、温纯如、肖震鹭三人并肩而行，走在熟悉到不能再熟悉的楼梯上。

从前三人也有过并肩一同走进教室的时候，也正因如此，而今才会觉得不习惯，明明从前都能一同走回教室，现在却不得不在一个岔路口选择分别。

暮瑟挥着手和温纯如以及肖震鹭说再见，独自一人走进了新的教室。

她本来就觉心里堵堵的，有些难过，进教室的时候随便扫了一眼便觉更难过。

不为别的，只因她一眼扫过去居然没看到一个熟面孔。

暮瑟随便找了个空位置坐下，莫名其妙被一股孤独感所包围。她内心变得很复杂，才坐下没多久，便忍不住给温纯如发了条 QQ 消息：

“我们班居然没一个熟面孔，接下来的两年我要怎么办啊？”

暮瑟的不安全然来自于，又一次陷入孤独的惶恐。

刚入这所高中时她本也觉不安，最终却被宋之若的存在而冲潢。

如今的她只觉异常难过，现在已经是高二，不是初入高中的那会儿，一年下来，每个女生几乎都有了固定的玩伴，别说她原本就舍不得温纯如，即便真有心插在别的女孩之间也会觉得很累。

读书时期的友谊正是如此，一点都不逊于爱情，从来也都容不得不相干之人插足。

暮瑟已经无法想象自己该如何撑过接下来的两年，下课没有人一同牵着手去上厕所，体育课自由活动期间也不知道该和谁坐在一堆打闹说悄悄话。

暮瑟不仅仅是害怕孤独，更害怕的是别人都有人陪，自己却孤身一人。

学生时代的女孩便是这样敏感又多愁。

独来独往，从不与人牵手去厕所的女孩不一定会被人视作异类，可那个独来独往的女孩却必然会在心中将自己想象成一个不合群的异类。

暮瑟那条消息才发出不到两秒，她便感觉肩上一重，是谁在拍打她的肩膀。

暮瑟下意识地回头，一头金棕色的卷发赫然映入她眼帘。

二中的学生中染发烫发的着实不多，一看到这头发，即便不去看脸，暮瑟都能一下就猜到，是卢紫芸。

万万没想到卢紫芸会在这里的暮瑟微微有些惊讶，而卢紫芸的表情也明显透露出了她的心声——前面这人还真是暮瑟。

话一说回来，这两人也是真奇怪，明明宣传栏上有所有同学的名字，她们却就这样完美地略过了对方。

暮瑟和卢紫芸虽然算不上陌生人，却也依旧称不上熟悉，两人之间纵然有着整个团队作为沟通桥梁，可她们仍无太多交流，卢紫芸正是苏峦青口中所谓的编外人员，她所负责的工作与绝大多数团员脱节，往往只要交给她一个大致人设，她便能画出你想要的人设图，也正因如此，团队的绝大多数活动她都不曾参与，更遑论查资料这种一本正经的事，故而，即便暮瑟这团队都已经成立一年多了，暮瑟仍跟卢紫芸不熟。

至于卢紫芸，这姑娘倒也不忘初心，从未忘记自己的第一使命便是挖墙脚。

这一年多的时间里，没少做勾搭苏峦青的事。

可苏峦青这人呢，从始至终像块木头似的，从未给她任何回应。大抵也正因苏峦青的从不回应，一直跟在他身侧的暮瑟倒是从未发觉卢紫芸有想勾搭苏峦青的心思，反倒天真地以为卢紫芸真喜欢上了郭嘉豪，正不离不弃地努力倒追着。

相比较暮瑟的单纯一根筋，卢紫芸对暮瑟的感情就尤为复杂。在她看来，她与暮瑟之间的关系明明是情敌，却又无法太过敌对，这使她感觉很憋屈。渐渐地，她也就不像一开始为了接近苏峦青时那样殷勤了，倒是时不时以学习为借口去骚扰苏峦青，偏偏暮瑟又是个迟钝的二傻子，见人“小太妹”都这么努力学习，登时就有了一股危机感，人家醉翁之意不在酒，她倒是好，也屁颠屁颠拿着教科书和作业本缠上了苏峦青。

如此一来所导致的后果是，苏峦青把卢紫芸轰开了，专心致志辅导暮瑟，一旁观战且同样单纯的温纯如觉得卢紫芸可怜，顿时就伸出了援助之手，开始辅导她的课业。

也就暮瑟和温纯如两姑娘傻不拉几的，现在包括苏峦青在内的几个男生心里可都敞亮，只是不说破罢了。

好在卢紫芸这货虽然存着猥琐的心思，行动力也就这样，完全不对暮瑟和苏峦青造成任何伤害与威胁，她便这么尴尬地留在了团队里。

常言道情敌见面分外眼红。

暮瑟傻不拉几的倒是完全没这种意识，一直将暮瑟视作假想敌的卢紫芸脑袋里早就上演了一出年度大戏。

即便暮瑟对卢紫芸再无好感，也总比与那些全然不知底的陌生人相处好。

卢紫芸所不知道的是，她竟就这么莫名其妙成为了暮瑟心中那个值得相处下去的人。

也不知道此时的她要是知道暮瑟心中所想，又会作何感想。

重新分班的第一天暮瑟尚不能适应，正如她所猜想，班上绝大部分女孩都是从前就认识的，不过半天就已重新组好队，倒霉催如暮瑟卢紫芸，都属于和从前小团体分离的那一类。

暮瑟一副乖乖女的模样，要真想融入新同学的圈子里倒也不是那么困难，真正艰难的是卢紫芸，她一副太妹相，在整个年级里的知名度又那么高，几乎可以十分笃定地说，除了暮瑟以外，班上再也找不出能和她一块走的女孩。

也不知究竟是暮瑟的情绪感染到了卢紫芸，还是她本身就有这样的感受，自觉与暮瑟坐在一起的她莫名也陷入在一种“淡淡的忧伤”中。

暮瑟左手托腮，右手握着手机，噼里啪啦在群里发着消息：

“我想你们啦，除了卢紫芸，这里都没一个熟人。”

她消息发出去已有一段时间，却无任何人回应，包括坐在一旁的卢紫芸。

于是，她又想，这时候，大伙儿应该都在忙自己的事吧。

于是，她又默默放下了手机，单手托腮望着窗外发呆。

第七章

我们的世界 ▼

说穿了其实我的愿望就
这么小，就这么每天祈祷
我的心跳你会知道。

01. 第一时间想起你算是什么关系。

重新调班后的时间，是那样乏味，却又过得一如既往地快，眨眼间一周又已过完。

周五放学的时候，肖震鹭突然给暮瑟发了条消息，周六上午十一点，高一2班全员在校门口集合，大家一起去南郊公园聚餐烧烤。

这是暮瑟班级第一次组织课外活动，从前肖震鹭也不是没提出讨，可不论他怎么蹦跶，都没人搭理。

这次终究还是有些不一样。

暮瑟早早就挑选好了衣服，浅色 T 恤搭配浅牛仔色裙裤，再扎个高高的马尾，看似简单利落却有种说不出道不尽的青春活力。

换好衣服的暮瑟又背了个和鞋子同色系的小挎包，和与暮母并肩坐一排的苏峦青挥手：“我走啦，拜拜。”

苏峦青一脸哀怨，如同一条被主人抛弃的小奶狗，望向暮瑟的眼睛里慢慢都是水光：“真不能带上我？”

暮瑟无比坚定地点了点头：“当然。”

“好吧……”苏峦青的脑袋又默默垂了下去。

暮瑟班上的活动就没有哪一个能逃过苏峦青的眼睛，即便暮瑟从没跟他说过周六聚餐的事，他仍大清早就跑到了暮家，意味不明地朝暮瑟笑啊笑。

以暮瑟对他的了解，自然一下就明白了，他又想跟着她出去玩。

暮瑟当即义正词严地拒绝了，他便一路期期艾艾地跟在暮瑟身后。

眼看暮瑟就要出门了，苏峦青突然又“噌”的一下站起来：“啊，瑟瑟，你真的都不需要我送你吗？一个人挤公交车哎，多危险多麻烦啊？”

这次回复苏峦青的是“砰”的关门声。

苏峦青无比颓败地坐回了沙发上，暮母则捂着嘴憋笑。

苏峦青装模作样地长叹一口气，暮母终于笑完了，正经地说：“峦青啊，你是要在我家一直等下去不成？”

以往苏峦青也时不时就往暮家跑，可一般只在暮瑟在的时候来，暮瑟不在他便跑得比谁都快，也正因为如此，暮母才会觉着今天的苏峦青看起来不大正常。

事实果然一如暮母所料。

苏峦青神色突然变得复杂起来，有些踌躇和犹豫不决：“阿姨，其实我今天本来有事要和瑟瑟说。”

苏峦青看上去显然不太对劲，暮母即刻就察觉到了，不禁一皱眉：“怎么了？”

苏峦青却在这时候卖起了关子：“哎，算了，也还不确定，还是等确定以后再说吧……”

暮母都没来得及做出回复，苏峦青又突然站了起来：“谢谢你啦阿姨，我先回去了，等瑟瑟回来，再来您家玩。”

苏峦青便这么莫名其妙地出现，又莫名其妙地消失，暮母没闹明白他到底想说什么。

苏峦青离开暮家的时候，暮瑟早就已经和温纯如坐在了公交车上。

二十分钟后，暮瑟与温纯如抵达校门口，班上同学也都已来得差不多，一同上了开往南郊公园的车。

南郊公园距离市区很远，临水而建，整个公园绿意缭绕，一眼望过去皆是上了年纪的苍翠古木，九月里的天仍有些燥，一走进公园便整个人都静下来了，不论是幽深不见底的林荫道还是脚底下悄悄蔓延生出绿芽的藤蔓野草，深深浅浅的绿交替在一起，无端令人安心。

顺着这条铺满青石的林荫道走了近二十分钟，藏匿在林木间的烧烤园赫然映入眼帘。

班上共有四十六名同学，八个同学一桌，恰好坐六桌，而暮瑟那一桌则刚刚好只有六个人，她、温纯如、宋之若以及肖震鹭，此外还夹带了两个并不是很熟的女同学。

暮瑟原本还想和温纯如坐一块，才挽住她的胳膊，暮瑟便察觉到宋之若那“哀怨”中又带着一丝胁迫的眼神。

他那目光着实过于强烈，像被人用502胶加热熔胶一同焊在了暮瑟身上。

与宋之若对视不到两秒钟的时间，暮瑟便已经默默松开了温纯如的手，转而拽住一旁妄图和某妹子坐一块的肖震鹭。

肖震鹭也是真倒霉，才和妹子勾搭上呢，转眼就被暮瑟给拽了过来，结果是，还没和妹子聊上两句，一切就都已经前功尽弃。

宋之若从前也和朋友及同学弄过这样的活动，一切轻车熟路。

不多时，连烤串带火炭一切都准备就绪。

有了酒精块助燃，火一下就烧旺了，串在铁签上的肉被刷了一层薄薄的油，正“滋滋”作响。

暮瑟早就饿得两眼冒金星，都恨不得抱起生肉直往自己嘴里塞，故而正两眼一眨不眨地盯着火上泛着油光的烤肉，而坐她身侧的肖震鹭则一直都在偷瞄温纯如和宋之若。

他偷瞄的动作很小很轻，若不是一直盯着他观察，一定发现不了他的目光一直都在往温纯如和宋之若两人身上瞥。

今天的宋之若穿了件纯白的T恤，下身是件宽松的黑色运动裤，简约又有活力。

至于温纯如，她的穿着打扮素来都很淑女，和她认识这么久，暮瑟也都从未看她穿过校服以外的裤子，永远都是简约又不失精致的裙装，和她身上那股柔柔弱弱又带着几分书卷气的气质搭配得天衣无缝。

也正因温纯如有着这样的长相和气质，班上有着近乎一半的男生喜欢她，自然也就有着近乎一半的女生不喜欢她，分明都没怎么接触，却已经先入为主，觉得她一定是那种矫揉造作又娇气的小白花。

一直盯着铁架上烤串的暮瑟口水都要流下来了，眼看一串鸡翅就要烤好，才准备伸手去拿，铁架上陡然横过一双手，一把抄起那串她虎视眈眈已久的鸡翅！

暮瑟愣然抬首，只见宋之若正用他那双骨骼分明且纤长的右手捞起了那串被暮瑟用眼神打上“标记”的鸡翅。

宋之若全然没注意到猛咽口水的暮瑟，直接就将鸡翅递给了温纯如。

暮瑟那眼神里的渴望明显到令人无法忽视，接过鸡翅的温纯如突然一愣：“瑟瑟，你是不是想吃鸡翅啊？”

暮瑟连忙点头“是是是”，全然不顾形象，一副尾巴摇上了天的馋鬼样。

她最后一个“是”字都还没说出口呢，宋之若的眼神便已经扫了过来。

暮瑟仍未察觉，连坐在一旁的肖震鹭都觉着看不下去了，连忙在桌子底下偷偷踹了暮瑟一脚。

这一脚算是彻底把暮瑟踢清醒了，她连忙闭上了嘴，一脸正气凛然地摇了摇头：“我其实看中了它隔壁那串，虽然看起来还没熟，不过也应该要熟了，你吃吧。”

宋之若这才收回目光，依旧温柔地望着温纯如笑。

暮瑟瞥了这两人一眼，默默在心中吐着槽：两情相悦了不起喔，连鸡翅都不给分享，至于嘛！

吐槽完毕，暮瑟又仔细想了想，突然觉得，这种事似乎还真了不起的，起码她就遇不到一个能相互喜欢，能相约一起考大学的人。

想着想着，暮瑟又莫名有点想念苏峦青了，铁架上那串早早便被暮瑟钦定好的鸡翅完全熟了，散发着烤物特有的焦香，暮瑟将它紧紧握在手上，胡乱吹了吹塞到嘴里啃。

一口入腹，暮瑟只觉自己仿佛更想念苏峦青了。

肖震鹭瞧暮瑟一脸忧郁，奸笑着凑近打趣她：“哎哟，你怎么一副魂不守舍的样子？该不会是想我苏哥了吧？”

被猜中心事的暮瑟吓得浑身一颤，连忙摇头否认。

“才不是，我只是在想，别人烤的鸡翅怎么就这么难吃。”暮瑟边吃边小声嘟囔着，最后一个字还在喉咙里打着转，放在口袋里的手机陡然一振。

感受到这股振动的暮瑟擦了擦手，将手机从口袋里抽出，一翻开盖便看到了苏峦青发来的短信：

“瑟瑟，你们到南郊公园了吗？”

暮瑟的嘴角再一次不自觉地翘了起来，她并未回答，而是直接拍了张照发彩信给苏峦青，少顷，才又打出一行字：“想念你的厨艺了，我怎么就这么傻，这种情况下居然不带你来？”

网络那头的苏峦青不自觉地笑出了声，他现在甚至都能脑补出暮瑟那懊悔的表情来。

笑完以后，他又不忘贴心地问了句：“我有时间的，现在过来？”

暮瑟倒也想说“好”，可一想到自己过来光坐车都花了整整一个小时，她便拒绝了：“不了，太远了，等你过来，估计大家都已经吃完了。”

苏峦青微微沉默，稍后又问：“那怎么办呀？”

暮瑟低血糖不能饿，还挑食挑得厉害，不好吃的东西宁愿饿着都不会多动一口，苏峦青担心的正是这个，怕她又任性，饿着肚子不肯吃东西。

暮瑟全然不知道苏峦青究竟在担心什么，只回了句“看情况”便不再作答。

02. 有些话从来不急，一直放在心底。

大抵班上同学都受了重新分班的影响，原本只打算出来聚一次餐吃顿烧烤的他们又临时起意，决定再一起去唱个歌。

KTV 里鬼哭狼嚎群魔共舞，有了灯光和啤酒的双向催化，不论是熟还是不熟，矜持还是豪放的同学们都疯成了一团，这种大环境之下连宋之若都被感染，跟着一起疯，一起喝起了啤酒。

宋之若是个彻头彻尾的好学生，这也是他长这么大以来第一次喝酒。

一口灌下去，宋之若连忙眯起了眼睛，只觉世上怎么会有这么难喝的东西，这样的情绪才生出不久，立马就被压了下去，只因他都未有一个缓冲的时间，便又被肖震鹭塞了一杯啤酒：“来，这杯是敬班长您的！”

肖震鹭这货早就看宋之若不顺眼了，哪能不借这种机会来故意灌酒。

有了肖震鹭带头，其他人也都跟着起哄，纷纷跑来给宋之若敬酒。就那么短短十分钟内，宋之若便已被灌了三四杯啤酒。

暮瑟坐沙发上津津有味地吃着东西，温纯如则一脸紧张兮兮地盯着被男同学们团团围住的宋之若。

班长这种职位多多少少都有些得罪人，现在可真是有仇的报仇，凑热闹的凑热闹，全挤上去给宋之若灌酒。

一旁默默望着的温纯如可谓是提心吊胆，时而握拳，时而又叹气，最后，大抵是真看不下去了，鼓起勇气站了起来，走上前去劝大家别再给宋之若灌酒。

她本就长得柔柔弱弱的，嗓子也细细柔柔，那些簇在一起的男生哪个嗓门盖不过她？

于是，可怜的温纯如站在那群人边上吼了老半天，都没人能听到她究竟在说些什么。

头一个发现她存在的还是肖震鹭那货，他从人堆里抽出身来，皮笑肉不笑地打趣着：“哎哟，你这该不会是心疼了吧？”

肖震鹭人糙嗓门大，他这番话纵然是压低了声音去说的，却仍比温纯如的“蚊子叫”高出数倍，一下就引起了宋之若的注意。

被人灌酒灌昏了头的宋之若恍然清醒，连忙婉拒后面那些人递来的酒。

而这时暮瑟也已吃饱，察觉到动静的她连忙起身，径直走向肖震鹭所在的方向。

肖震鹭原本还要挑事，才欲张嘴说话，暮瑟就已经一巴掌呼在他膀子上：“喝你自己的酒吧，少挑事。”

暮瑟算得上是唯一一个能在混世魔王肖震鹭身边说得上话的人，不仅仅是因为暮瑟本身“武力值高”，更关键的还在于暮瑟有苏峦青这“护妻狂魔”来撑腰，他可真不敢得罪。

暮瑟一巴掌呼下去，肖震鹭立马就安静了，温纯如则不知在何时就已经默默将宋之若扶回了沙发上。

暮瑟本也准备回去继续吃东西，电视屏上赫然亮起了她点的那首歌，她连忙转身，屁颠屁颠跑过去拿话筒唱。

有了酒精的刺激，肖震鹭比平常更为大胆，平常他只敢用眼角余光去偷偷瞄温纯如，几乎不会被任何人察觉，今天的他就像着魔了一样，包厢里杂乱且缤纷的灯光四面八方散射而来打在他脸上，他的表情一直都很平静，那些或明或暗的灯光在他脸上不停地变换着，一如他此时的心情，他的目光一直不曾离开温纯如，看得越是着迷，啤酒便灌得越多。

暮瑟主唱的那首歌将要曲终，伴奏声渐渐变小，直至最后完全消失的刹那，暮瑟身后陡然传来一声尖叫。

那身尖叫短促且尖厉，若不是伴奏声突然消失了，暮瑟大抵也不会发现。

当暮瑟一脸迷茫地转过身去的时候，只见温纯如一脸激动地从沙发上弹了起来，暮瑟都没能闹明白究竟发生了什么，她就已经跑了，而一直坐在沙发上的宋之若则明显一愣，等到意识到究竟发生了什么的时候，整个人也已经不受控制地起身跟着跑。

一切都发生得太快，无人知晓他们俩究竟是怎么了。

就在众人皆迷醉之际，一直闷声喝酒的肖震鹭终于暴走了，他一把将玻璃杯重重地砸在桌上，紧紧地捏着拳，也跟着冲了出去。

好了，这下大伙更迷茫了。

温纯如跑出了包厢，宋之若才将包厢门拉开，肖震鹭的手便已经搭在了他肩上。

宋之若这时急着去追温纯如，懒得搭理旁的人，下意识地就将肖震鹭的手甩开，可也正因为他这一甩，生生甩出了肖震鹭的脾气。

肖震鹭竟二话不说便握起拳头砸在了宋之若的右脸上。

包厢里看到这一幕的女生们纷纷发出尖叫。

被一拳打蒙了的宋之若晃了晃脑袋，旋即，也是一拳砸在肖震鹭脸上。

随着他这一拳的落下，原本静了一霎的包厢再度沸腾起来，尖叫的尖叫，劝架的劝架。

暮瑟赶紧丢下麦克风抓住了肖震鹭即将落下的第二拳："你这是干什么？有话好好说不行吗？"

"我跟他没法好好说！"这一句话肖震鹭几乎是用吼的，距离他最近的暮瑟可倒霉了，直震得耳膜生疼。

可也就肖震鹭那一句话的空当，班上的男同学已趁机将宋之若和他拉开了。

暮瑟皱着眉掏了掏嗡嗡作响的左耳，耐着性子安抚肖震鹭："究竟怎么了？你倒是给我说清楚啊？"

温纯如一下跑得无影无踪，暮瑟本是准备跟着追上去的，眼下也就只有她能劝得住肖震鹭，她也是进退两难，最终还是选择了先解决眼下的事，反正也已经有人出去追温纯如，该不会出什么大事。

肖震鹭声音听上去有些闷闷的：“刚刚……我看到宋之若这不要脸的狗东西亲了温纯如一口，人都给吓跑了！”

“呃……”暮瑟这下也是真不知该如何接话，又不敢再去刺激肖震鹭，只在心中默默想着，人家两情相悦关你啥事，我都喜欢宋之若这么久了，不还是说放手就放手？

暮瑟一直沉默不语，肖震鹭这货也不知究竟是酒精上了头还怎么的，竟然像个小孩子似的号啕大哭起来：“可我是真的很喜欢她啊……我怎么可能就这么看着不管？”

肖震鹭本来就长得糙，一咧着嘴哭，完了，更丑。

暮瑟实在不想去看，偏偏还又得安抚他。

一旁围观的群众更是被肖震鹭这一哭给弄蒙了。

而肖震鹭这货也是说完就后悔，不为别的，他那话才说出口，包厢门就已经被人从外推开了，方才冲出去的温纯如正含着泪水站在包厢门口。

啊！啊！啊！什么叫作无地自容？什么叫作想挖个地道钻进去？

这一刻，肖震鹭想死的心都有了，像个傻子似的咧着嘴僵在了原地，都忘了把嘴好好闭上。

原本还有些喧闹的包厢顿时变得静谧无声，激昂的背景音乐隆隆响起，偏摇滚风的男声声嘶力竭地唱着："A BA LI BI O BO LI BE,A BA LI BI O BO LI BE O BO SA BA,爱你的只有一个人！爱你的只有一个我！爱你的只有一个我……"

明明是一件很严肃的事，可不知道为什么，暮瑟就是忍不住想笑，大概是觉得这 BGM 来得太好，既无缝隙贴合了这场闹剧，又实实在在唱出了肖震鹭此时此刻的心声。

和暮瑟抱着同样想法的大抵还不止一个两个，于是喜闻乐见的一幕出现了。

《爱你的只有我一个》这首歌仍在撕心裂肺地唱着，原本紧张的氛围一扫而空，几乎所有人都在捂着嘴憋笑，而刚刚进门的温纯如则一脸迷茫。

尴尬到想以头抢地的肖震鹭手足无措地从椅子上弹起，赶紧推开暮瑟，去和温纯如澄清："不是！你别想多了！我是还挺喜欢你的，但不是那种喜欢，真不是那种喜欢！我就觉得你跟我妹很像，嗯，真的很像。”

肖震鹭这一举动不亚于搬起石头砸自己的脚，温纯如原本还不知道究竟发生了什么，他这么胡乱一通解释，不论是该知道的还是不该知道的都知道了。

其实他大可不必如此，温纯如这样的女孩子又怎会有人不喜欢。

可以毫不夸张地说全班二十来个男同学里，暗恋温纯如的占了一半以上的数，可是这样的女孩过于美好，就连在脑中幻想都觉是一种亵渎。

一场声势浩大的闹剧因温纯如开始，也因温纯如而结束。

等到散场的时候已是晚上七八点。

暮瑟和肖震鹭默契地没和宋之若温纯如一块走。

暮瑟坐在 KTV 附近一家小小的奶茶店里等苏峦青来接，肖震鹭便这么与她一块坐在了奶茶店里。

酒醒过后的肖震鹭看上去很颓。

暮瑟吸了一口奶茶，难得温柔地和他说着话：“你也别太纠结了，过去了的就都过去了。”

肖震鹭完全没将暮瑟的话听进去，仍是止不住地叹气。

暮瑟按捺不住地朝他翻了个白眼："你这一副要死不活的样子是给谁看啊，不就是喜欢的人不喜欢你嘛，不就是不小心漏嘴告白了嘛！"

肖震鹭听后不服，闷闷地回了句："你倒是说得轻松，这种事没发生在你身上，你能感同身受个屁！"

"嘁……没用的东西。"暮瑟百无聊赖地用吸管搅拨着玻璃杯里的珍珠，搅着搅着神色突然变得正经起来，"跟你说句实话吧，你别跟人说，包括苏峦青也一样，这算是我的一个秘密。"

暮瑟这么一副严肃正经的样子着实不像在开玩笑，肖震鹭无端就被她吊起了胃口，把脖子抻得老长去问："什么秘密？什么秘密？"

"其实我喜欢过宋之若，而且，喜欢了还挺久。"

"轰隆隆……"

暮瑟这一句话的威力简直不亚于在肖震鹭脑袋里投入一颗原子弹，他整个人都惊呆了，世界观都仿佛要被那颗"原子弹"给震成粉末渣渣。

03. 雨下整夜，我的爱溢出就像雨水，告诉我，你没有唱出来。

“不是吧！”

暮瑟一脸嫌弃：“怎么就不是了？我就不能喜欢宋之若？我喜欢他到底是有多奇怪啊，至于露出这么一副见了鬼的表情吗？”

肖震鹭全然没心思去管自己“失恋”这种屁大的小事，有些事还没开始就已经注定了结局。

肖震鹭缓缓合上嘴巴，踌躇很久，才组织出语言：“不是……你不是跟我苏哥一对吗？”

这下轮到暮瑟呛到了，她白眼几乎就要翻破天际，连忙挥着手去推翻这句话：“哪有的事！”

肖震鹭仍沉浸在一种莫名的情绪中：“我真以为你们俩就是一对，还是两家人早就定下了娃娃亲的那种。”

暮瑟都不知道该怎么去接肖震鹭的话了，只憋出一句：“你这是打哪儿听来的……”

而肖震鹭则仍在纠结：“你们两个的家长不是还互称亲家公亲家母吗？”

暮瑟已经无力反驳：“那是因为他们无聊，总拿我们俩开玩笑！”

暮瑟本以为这样就能让肖震鹭选择闭嘴，岂知这货还真打算打破砂锅问到底了。

只不过相比较之前，他的表情要更为严肃正经：“你难道真没喜欢过我苏哥？”

暮瑟真没想到肖震鹭会突然这么问，她下意识地摇头反驳：“什么呀，我哪会喜欢他？”

肖震鹭眼睛一眨不眨盯着暮瑟，一副欲言又止的样子，最后终于重重叹了一口气：“你怎么就不喜欢我苏哥呢？我要是个姑娘，我怕是也会喜欢他啊……”

这个问题，暮瑟心中其实并没一个确切的答案，想了半天，也只得出一个结论：“他是挺好的呀，可能我跟他真的太熟了吧，就像亲兄妹一样，根本变不成那种喜欢。”

肖震鹭本还想再说些什么，暮瑟的手机却毫无征兆地响了起来，翻盖一看，是苏峦青打来的，想必是他已经到了这附近吧。

这通电话才挂断不久，苏家的车便已停在奶茶店前。

暮瑟和苏峦青一同坐车后座，肖震鹭则被“赶”到了副座。

不论这是第多少次见面，苏峦青仍是一见到暮瑟便忍不住笑，暮瑟一上车，他便问：“瑟瑟，今天玩得开心吗？”

暮瑟有些心不在焉，望着苏峦青的脸莫名一阵心烦，突然就想到了肖震鹭说的那些话。

她便没来由地冷了脸。

暮瑟是个脸上藏不住事的人，什么情绪都直接摆在了脸上，苏峦青又怎么看不出来。

他明明有所察觉，却又不点破，只在心中想，究竟发生了什么。

其实苏峦青此时心里也藏着话，暮瑟又一副冷冰冰不搭理人的样儿，苏峦青只觉心里更堵。

此后暮瑟与苏峦青一路无话，就连坐副座的肖震鹭都能感受到那股子尴尬。

直至抵达暮瑟家楼下，她才勉强笑着挥手和众人告别，仍算不上搭理苏峦青。

苏峦青也正因暮瑟的异常翻来覆去睡不着，夜里，实在无心睡眠的他默默掏出了手机，给正在打游戏的肖震鹭发了条消息：“瑟瑟到底是怎么了？你知不知道？”

作为一枚被苏峦青安插在暮瑟身边的眼线，肖震鹭也不知道该如何来回复。

他憋了老半天，愣是只憋出一句话："大概是因为重新分班，所以，有些伤感了吧。"

苏峦青若有所思地盯着手机屏幕。

肖震鹭已经无心去打游戏，思来想去仍是没忍住问了句："你知不知道她其实喜欢过宋之若？"

苏峦青的答案倒是十分出乎肖震鹭的意料，他的反应几乎可以称之为冷淡："知道，早就看出来了。"

关于这点，肖震鹭可谓是佩服得五体投地，对宋之若那货也算是刮目相看。

正如苏峦青所说，他很早很早以前就已经发现暮瑟喜欢宋之若，初发觉的时候，他也不是不难受，甚至生出过要用麻袋蒙着宋之若打一顿的念头。

他对暮瑟的感情或许早已超出喜欢，也正因此，他才有着这个年纪的男孩子所没有的克制。

然后，他便想，若暮瑟真的很喜欢很喜欢宋之若，他也一定会选择放手，虽然肯定会舍不得，可那是他的小姑娘，那个打小就被他捧在手心里来疼的小姑娘，从小到大，不论她想要什么，喜欢什么，他都会竭他所能，拼了命地去争取。

苏峦青与肖震鹭各怀心事，两人的对话突然就归于沉寂。

又过良久，肖震鹭才接着问了一句："那件事你和暮瑟说了吗？"

"没有。"苏峦青的答复依旧简洁，隔了半晌，才又补了句，"一直都没机会，我明天再找机会告诉她吧。"

"嗯。"

这场对话就此止住了。

苏峦青仍是睡不着，心事重重地翻动着 QQ 通讯录，最后定在唯一一个只有一个名单的分组里，那个分组毫无疑问是特意为暮瑟一人而设的。

暮瑟的头像明明是暗的，他仍没能忍住发去一条消息："睡了吗？"

巧的是，暮瑟此时也正在翻 QQ 通讯录，为了躲苏峦青，她甚至直接将自己的状态设置成了隐身。

苏峦青的头像在暮瑟手机屏幕里不停地闪，暮瑟原本想回个

“没”字。这个字才打出，她又无端地开始心烦，将那些拼音字母一个个删去，索性阖上了手机，关掉了流量，来个眼不见为净。

夜，很静，月色是这般皎洁，它穿过透明的窗，柔柔地洒落在暮瑟床头上。

也正因为有了那溶溶月色，仰面躺在床上的暮瑟才得以看清这已经陷入黑暗中的房间。

她心里很乱，前所未有的乱。

她不明白，是真不明白，为什么所有人都觉得她和苏峦青是一对。

暮瑟就这样平躺在床上，盯着天花板发了很久很久的呆。

她甚至都不知道自己究竟是怎么睡着的。

第二天睁开眼，她做的头一件事便是翻开手机，打开流量和QQ界面。

正如她所预料，苏峦青又发来了新的消息，他问：“明天有时间吗？听说河边会放烟花，要不要一起出去看？”

暮瑟抿了抿嘴，仍是没回这条消息。

这一整天她都躲着苏峦青，电话不接，消息不回。

苏峦青便直接杀上了暮家。

屋外敲门声“砰砰”作响，杂乱无章，一如暮瑟此时的心情。

外面的敲门声越是大，暮瑟便越觉心烦，可她明白，不能就这么一直躲着，该面对的总该去面对。

她迅速地从床上爬起，在睡衣外随意套了件外套便趿着拖鞋匆匆走出房去开门。

苏峦青手里提着便当盒，见到暮瑟就笑开了眼：“猜猜我给你带什么吃的来了。”

暮瑟没心情去猜，脑子里虽依旧很乱，却仍有一丝理智存在。她勉强弯了弯嘴角，状似不经意地说了句：“怎么每次过来都给我带吃的呀？”

苏峦青随口便回：“阿姨今天不在家，我还不知道你，宁愿饿着肚子都不怎么会吃剩菜剩饭。”

同类型的话换作平常，暮瑟听了定然没有任何感觉，今天却没来由地升起了一股异样的情愫。

她本就算不上平静的心湖又被人掷入一枚小小的石子，顿时泛起阵阵细小的涟漪，漾着散开去。

苏峦青却不知在何时换好了鞋子，自顾自走到餐厅去，慢条斯理地替暮瑟摆好餐，一切准备就绪，笑嘻嘻地朝暮瑟摆了个“请”的动作。

暮瑟心中涌起千种情绪，她默不作声地坐在了椅子上，从头至尾都不曾和苏峦青说一句话，一直垂着脑袋，食不知味地慢慢吃。

既然暮瑟不想说话，苏峦青也不勉强她，他一如从前，就像什么都没发现一样，静静地望着暮瑟。

吃完便当盒里的整整三根鸡翅，暮瑟才终于停止往嘴里送食物。

“你为什么要对我这么好？”

她依旧是垂着脑袋，长长的睫毛全然遮住了她眼中流淌着的情绪，话也问得有些突兀。

04. 对一个人告白究竟需要多大的勇气？

苏峦青毫不在意地摇了摇头，嘴角一弯，露出宠溺的笑容：“你这问得什么傻问题？对一个人好需要理由吗？”

暮瑟反倒被苏峦青给弄急了：“怎么就不需要理由了？”

苏峦青笑容里带着一丝无奈，而暮瑟却仍不依不饶，他只能长叹一口气，揉揉她的脑袋，以安抚她的情绪。

暮瑟有预感，知道自己今天肯定问不出想要的那个答案，便不再去问，继续低头吃苏峦青带来的便当。

一顿饭的时间过得很快，苏峦青的目光从未离开暮瑟身上，直到暮瑟吃完便当盒里最后一块肉，他才再度露出笑来：“吃饱了吗？要不要再出去走走？听说今晚河边上有烟花看。”

暮瑟下意识想拒绝，可一想到自己今天的所作所为，又觉不好意思，只能点点头，说：“好。”

沿江风光带的景很美，可这条路暮瑟已与苏峦青一同走过太多遍，再美的景也总有看乏的一天。在她看来，这样的景与平日里相比较并无多少差别，就像不论时间如何推移，苏峦青也仍是那个苏峦青，再美的景，再好看的人天天对着便也失去了那份惊艳。

这大抵就是暮瑟对苏峦青始终都无心动的感觉的缘由吧。

晚风习习吹来，拂在两人的脸颊上，微微有些凉。

暮瑟与苏峦青并肩而走，走着走着，苏峦青突然停了下来，转身望向暮瑟。

“瑟瑟，其实我有件事想跟你说。”

暮瑟随即也停了下来，静静望着苏峦青。

原本有些喧嚣的风也在这一刻静了下来，仿佛整个世界都在倾听。

“其实我很早就想告诉你了，只是一直都没机会。”

暮瑟眉头微微一皱，却也不曾接话，依旧在等待，等待苏峦青说完余下的话。

“大概是三天前吧，我们班主任突然告诉我，有个去英国做交换生的机会，交换时间很长，大概一年，我爸妈倒是挺希望我去的，正好我爸年底有意开拓海外市场，我要是去了，可能全家都会搬过去吧，三五年内不一定能回。”

这消息来得太过突然，暮瑟一时间有些反应不过来，愣了半晌，只说了一句：“怎么这么突然？”

“是有点吧……”苏峦青的情绪藏得很深，他尽量使自己的声音听上去显得愉悦，“其实，我自己倒是没任何想法啦，我觉得吧不论在哪儿都一样啊，反正我这么优秀，在哪儿都能发光不是。”

说到这里，他终于停了下来，目光定定地望向暮瑟：“所以，你觉得我该如何选择呢？是去还是不去？你给我提个建议好不好？你说什么我都听的。”

苏峦青的眼神从未如此炙热，炙热到暮瑟都无勇气再与他对视。

她不明白苏峦青这番话究竟想表达什么，她神色慌张地四处张望着："可是我不知道呀，这种事怎么能我说了算？我觉得现在这样其实也挺好的，每天都很开心，但这个机会肯定很好吧，否则你爸妈也不会都想你去。"

苏峦青不给暮瑟逃避的机会，仍在紧逼："那……瑟瑟，你觉得我该不该去呢？或者说，你想不想我去？"

暮瑟心里更慌："我不知道，这是你自己的事，我做不了决定，你应该自己负责。"

苏峦青的目光却在这时候暗了下来，他看上去有些失落："是吗？"

暮瑟脑子已经一片混乱，都不知道自己究竟该说什么，可若是什么都不说，她又觉尴尬。

暮瑟踌躇，陷入沉思之际，苏峦青又说话了，他说："我要是去了，你又该怎么办？"

暮瑟紧紧攥着衣袖沉默不语。

苏峦青仍在问："还有我们的世界又该怎么办？"

他也不明白自己为什么会一改往日的作风，突然变得这么咄咄逼人，或许他是真有些累了，仅仅想从暮瑟那里得到一个答案。

暮瑟垂着脑袋发了很久的呆，隔了好一会儿才抬起头来，尽量用听上去显得欢快的语气说：“你可别小看我，我当然会好好照顾自己，至于我们的世界，你即便去了英国，我们依旧可以联系呀，网络可是能沟通整个世界的呢！”

这个答案所表达的东西再明显不过，苏峦青不可能听不懂，他脸上的情绪越来越淡，眼睫垂下又睁开，良久，才又说：“瑟瑟，其实我还有别的话要跟你说。”

暮瑟扬起脑袋，“嗯”了一声。

苏峦青说：“其实我……”

“砰！砰！砰！砰！”

余下的话湮灭在一片烟花绽放中，漆黑的夜霎时被点亮，一片绚烂。

暮瑟两眼亮晶晶望着黑夜中绽放出的一朵朵烟花，终于露出了真心的笑容：“真好看。”

此时的苏峦青又哪有心思去看烟花，他好不容易才鼓起勇气要说出在心中埋藏多年的话，居然就这么被烟花盖过了。

这一刻不仅仅是懊悔，内心更是煎熬得无以复加。

烟花绽了几朵，终于停下，暮瑟的视线也从天空中移至苏峦青脸上：“你刚刚说什么？我没听清，声音太吵了。”

“我说！其实我一直都很喜……”

头一个字尚在喉咙里打着转，烟花又一次相继绽开在天幕。

这一次烟花绽放的数目比上一轮足足多出一倍，五分钟后才再度停下。

看完新一轮烟花的暮瑟又笑着说了句：“你什么人品呀，哈哈哈，这烟花是故意和你作对的吧？我还是没听清，你再说一遍啦。”

苏峦青从来都不是一个信命的人，可这一瞬间他分明就感觉到了命运对自己的捉弄。

对一个人告白究竟需要多大的勇气？

他不知道，也明白，自己大概无法对暮瑟进行第三轮告白。

于是，他想，就这样吧，或许是老天有意阻拦。

对于暮瑟，只要她不主动将他推开，他永远也做不到放弃。

没关系，来日方长，他有的是时间去等待。

那一晚，烟花放了足足半个小时，而苏峦青也终于得到了一个答案。

他什么都不缺，同理也就什么都不想要，整整十七年来都一直围在暮瑟身边绕，正如他父亲所说，如果脱离了苏家，就凭这样的他，又该如何去照顾瑟瑟?

第八章

又是一年春 ▼

不论风多大，路多岔，我一样会找到你，你逃不掉。

01. 将愿望折成纸飞机寄成信，因为我们等不到那流星。

苏峦青做出了决定，珍惜这个机会，去做交换生。

时间定在第一次月考以后，期中考之前。

暮瑟与苏峦青的关系似乎又恢复到了从前，谁都不曾提起那夜的事。那夜的告白，那夜的诉衷肠仿佛从未发生过，宛若一场无意间在脑海中划过的梦。

高中生涯便是这般，越往后走课业越重，全部升入高中的暮瑟等人渐渐都因越来越重的课业而感到吃力，更遑论还要分出时。

间来写额外的东西，从前定好的目标是每人每周交三次稿，真正实施起来却无一人能做到。

第一次月考如约而至，除却苏峦青那压根不用听课成绩都很好，每一个组员的成绩都有着不同程度的下滑，特别是身兼多职的暮瑟，其实也并不是因为这课外项目所带来的影响，最关键的还是因为文理分科，大家一时间都还没适应，可除了他们自己，没有人会往这方面去想，只是很纯粹将原因归结在写小说耽误学习上。

月考成绩出来后的第二天，暮瑟被喊到办公室。

像暮瑟这种成绩不太好，平日里又怕老师的学生多多少少都有些恐惧“被喊办公室”这一环节，去的路上，她不停地在脑子里想，这回究竟又是怎么了？难道是因为退步太多，老师看不下去了，所以被喊到办公室谈话？

暮瑟犹自在脑子里胡思乱想着，推开办公室门后才发觉，温纯如竟也在，不仅仅如此，宋之若、肖震鹭和卢紫芸也都垂着脑袋站在一旁。

虽然仍不知道究竟发生了什么，暮瑟却没由来地一惊，一股不好的预感顿时涌上心头。

她撇头望了温纯如一眼，希望她能用眼神给自己进行一番提示。可不待温纯如给她一个答复，正襟危坐的年级组长便已经发话。

也就在这时，暮瑟才明白究竟发生了什么。

原来是温纯如利用自习课的时间写小说被老师看到，这件事原本没什么，惨就惨在，她写小说的本子上详细记录着他们的整个计划和每个人的分工，也正因如此，在二中的几名成员才全都被请了过来。

暮瑟都不知道该用怎样的语言来描述自己的心情。

不仅仅是年级组长，各个班级的班主任轮番上阵，不停地给大伙进行着思想教育。

暮瑟知道，若这次上课写小说被抓的人是她或者肖震鹭，一定不会是这样的结局，可偏偏被抓的是身为尖子生的温纯如，学校不会容忍这样一颗种子毁掉，于是便有了这一幕。

思想教育做完了，每个人都回到了自己的班级，唯独暮瑟被单独留了下来。

和先前的循循教导不同，不论是暮瑟的班主任还是年级主任，对暮瑟说话的内容中都夹杂了一丝压迫。

总而言之就是要让暮瑟自行解散这个所谓的组合。

暮瑟垂着脑袋，一直都不曾说话，唯独眼眶湿湿的，泛着红。

这天回去的路上大家都很消沉，肖震鹭难得没在第一时间告诉苏峦青这边发生了什么。

站在校门口外的苏峦青隔着老远就看到了暮瑟微微泛红的眼睛，他一下就慌了神，连忙追问："瑟瑟，你这是怎么了？"

苏峦青不问倒还好，一问暮瑟就更委屈了，那些负面情绪瞬间翻涌而上，"哇"的一下哭出了声。

她抹着眼泪打着嗝和苏峦青说："年级主任和班主任说我带坏温纯如和宋之若，让我即刻解散咱们这个组织，否则就请家长……"后面的话已经开始模糊，她泣不成声，越说眼泪掉得越厉害。

看着都快哭成泪人的暮瑟，苏峦青只觉一阵阵心疼，不停地拍打着她的背，轻声安抚着，其余几名成员也都纷纷安慰着暮瑟。

此时此刻，暮瑟承受着前所未有的巨大压力，一边是不断施压的老师，一边是她将要承担起的责任，倘若大伙真因这件事而耽误了学习，错过一个好大学，那么，她大抵这一辈子都无法再心安。

许是察觉到了暮瑟究竟在担忧什么，素来不喜在团队里发表意见的宋之若破天荒地做了出头鸟，第一个代表大众发话：“你不必自责也不必多想，成绩下滑这种事压根不是因为写小说，而且这是我们大伙自愿参加的，既非你威逼也非你利诱，即便要解散也不是你一个人说了算，大家说了才算。”

宋之若这番话就宛如一剂安定剂，本还有几许慌乱和无措的暮瑟顿时静了下来。

温纯如第二个开口附和，然后大家便都跟着发言，说出自己心中的想法。

不仅是暮瑟，所有人都怀着一腔热血，都不希望这个好不容易才做好全部前期工作的“世界”说崩塌便崩塌。

或许他们这时候确实不是最好的时机，可若不轻狂一次又谈何年轻？

他们的世界就这样假装解散了，接下来的时间里，不曾有任何动作，也没有人再带相关材料去教室。

可年级组长和各班班主任们似乎不仅仅希望如此。

在他们看来，高二是冲刺的关键，温纯如和宋之若这种尖子生就该彻底静下来备战，不应和暮瑟、肖震鹭等人有着过多的联系，于是，温纯如和宋之若的家长纷纷与班主任们进行了一番交谈。

有哪位家长不想要自己的孩子考上一个好学校？

至于玩伴方面，不论是家长还是老师，当然都希望好学生能与好学生一起玩，远离那些整日吊儿郎当混日子的差生。

温纯如和宋之若纷纷被家长和自己的班主任施压。

他们不敢瞒着大伙，所有人都知道这些天发生了什么，众人的关系突然之间就变得很微妙，甚至，都已经到了不敢再一同上学一同回家的地步，而温纯如的家长更甚，已经开始命令禁止她和暮瑟往来，大家只能在 QQ 上进行交流。

一场突如其来的变故几乎就要压垮暮瑟，所有人的注意都集中在提防家长和班主任上，全然忽略了时光的飞逝，忘了还有一件事将要到来。

那便是苏峦青的交换生之旅。

苏峦青要走了。

时间定在这周周日。

许久都不曾见面的众人又重新聚在了一起，地点是在苏峦青家的别墅里。

明明每个人都心事重重，每个人去都竭力在笑，他们就像玩农家乐一样扎堆聚在了苏家的厨房里，洗的洗菜，切的切菜，从来都是衣来伸手饭来张口的孩子们又有几个能做好这样的事？被挤在一旁没地站的幕后大厨苏峦青只觉没眼看，一会儿告诉郭嘉豪菜切得太厚了，一会儿满脸嫌弃地瞅着宋之若洗好的菜，指挥他再去清洗一遍。

一桌饭做好已是两小时以后，郭嘉豪提来了洋酒，学着电影里将不同的洋酒和饮料兑在一起一顿乱摇，一杯鸡尾酒就这样出炉了。

那天，所有人都喝了不少酒。

菜很好吃，却因放太久而微微有些凉，暮瑟一口酒一口菜，吃着吃着眼泪就流了下来。

她突然有些后悔了，后悔没能留住苏峦青，可若是能重来一遍，她大概还是会说同样的话。

每个人都是不同的生命体，她无权自私地将苏峦青留在自己身边，虽然会舍不得，可这对苏峦青来说无疑是个极好的选择。他这么聪明，这么厉害，自然得去更广阔的天空底下翱翔。

苏峦青也喝了不少酒。

大抵是有了酒精来壮胆，一直盯着暮瑟的他毫无征兆地将默默吃着菜流眼泪的暮瑟搂进怀里。

暮瑟显然受到了惊吓，身体微微一颤。

她下意识想要将苏峦青推开，苏峦青的手将她箍得紧紧的，尖尖的下颌抵在她头顶："瑟瑟别动，以后都不知道要多久才能再见，我就抱抱，抱一会儿就好了。"

暮瑟这才放松了身体，仍由苏峦青抱着自己。

许是这一霎的氛围过于悲戚，原本还在说说笑笑的另外几人也都停了下来，每个人的眼圈或多或少都泛着点红，就连最后加入、对这个团队其实并未投入太多感情的卢紫芸都尚且如此，更遑论别的几个成员。

那一天，所有人都喝得微醺。

大伙儿齐聚在苏家，一同举杯畅饮，一同畅想未来，一同数落那些大人的不是，一会儿哭，一会儿又笑。

肖震鹭买的都是些度数低的果酒，再兑上饮料，度数着实算不上高。

可他们这群人啊，还都是些从没喝过酒的学生，纵然是果酒兑饮料也都喝得摇摇晃晃。

暮瑟毫无疑问成了当天喝得最多的那个，她醉醺醺地被苏峦青扶回家，脱掉外套倒头便睡，第二天醒来已是上午十点半。

苏峦青是下午两点半的飞机，暮瑟醒来第一件事便是摸手机，一看那么晚了，连忙从床上弹起，趿上拖鞋，没命地往厕所跑。

等暮瑟洗漱完毕，做好一切准备工作已是十一点，她连忙给苏峦青打了个电话，和爸妈一同往苏家走。

苏峦青一家人的送别宴地点定在苏家的院子里。

院子里架了个烤架，所有食材都已经提前准备在推车里。

这一顿饭暮瑟吃得食不知味。

她一直以为自己是想要摆脱苏峦青的，直到要分别的那一刻，她才明白，究竟有多舍不得。

苏峦青真的走了，暮瑟身边再也没有一个名字叫苏峦青，见了她便笑得像条大狗狗的人了。

她的日子本就过得混沌，苏峦青不在的时候，再也没有一个苦口婆心监管着她的人，她的日子越来越浑浑噩噩，而成为她新同桌的卢紫芸则与她关系越来越好。

起先，卢紫芸还总是不停从她嘴里打听苏峦青的消息，不知道从什么时候开始，卢紫芸说苏峦青这个名字的频率就慢慢变低了，渐渐地，她彻底停止了打听苏峦青的消息，而苏峦青这个名字也开始被郭嘉豪这三个字所代替，被她反复提起。

换作从前，暮瑟一定会八卦地和她胡乱侃上一通，现在的她已无任何心情。

那时候她以为日子就将这么无聊地过下去，直至高考的那天，他们毕业。

又岂会料到，短短一个月内竟挤入了这么多的意外。

那是在苏峦青离开后的第三个星期。

温纯如和宋之若晚自习后牵手回家被年级组长撞见。

第二天一大早，两人的家长便都被请来学校。

暮瑟知道的暂时只有这么多，此后很长一段时间温纯如都没来上课。

暮瑟试着给她发了很多消息打了很多电话，可不论是消息还是电话都像石沉大海一般。

温纯如突然人间蒸发了。

在她消失后的第五天，暮瑟突然接到一个陌生电话，号码是本市的。

她愣了愣接通。

那边传来一个女声："是暮瑟吗？周末方不方便来我家一趟？我是纯纯的妈妈。"

"阿姨？"暮瑟陡然一惊，惊完又突然激动了起来，"阿姨，纯纯她怎么了？怎么一直都不来上课啊？我给她打了好多电话，都没人接，她到底是怎么了？"

电话那头的纯纯妈不曾回答，她的声音听上去有那么几分凝重："她……一直把自己锁在房里，饭也不怎么吃，已经整整一个星期没和我们说话了，阿姨实在没办法了，知道你和她关系好，所以，想让你来劝劝她。"

听完这番话，暮瑟的心情也变得很凝重。

她从不知道看似柔弱的温纯如还有这样的一面，她自然忙不迭地点头同意。

02. 丑到我了可怎么办？

周末，暮瑟到温纯如家的时候已是上午八点。

温纯如的妈妈，那个暮瑟曾见过一面的气质美人如今正顶着两个黑眼圈，满脸憔悴地冲她勉力笑着。

暮瑟礼貌性地朝她打了个招呼，换好拖鞋就直往温纯如的房间走。

正如温纯如妈妈所说，她的房门紧闭，门外还放着一份早已凉透了的饭菜。

温纯如的妈妈疲惫地说：“她昨晚又没吃饭，你先和她聊聊，我去准备早餐。”

最后一个字才从嘴里溢出来，她便端起放置在门前小桌子上的碗趿着拖鞋走进了厨房。

暮瑟心情复杂地在温纯如房门口站了好一会儿，她试着抬手去敲了敲门，轻轻喊了声：“小纯纯，你在里面干什么呀？是我，我来啦，我是瑟瑟。”

暮瑟与温纯如之间隔着一扇门，她全然不知晓，自己这一句话究竟给裹在被子里的温纯如带来了多大的冲击。

她猛地将被子蹬开，连拖鞋都顾不上穿，打着赤脚“噔噔噔”地跑来给暮瑟开门。

不过才五天没见温纯如，暮瑟陡然有了一种恍然隔世的错觉。

温纯如房间里的窗紧紧闭着，厚厚的窗帘遮蔽住室外所有的光，她就这么穿着睡衣，披头散发地冲了过来，有着暮瑟从未见过的邋遢，亦有着暮瑟从未见过的脆弱。

暮瑟本还想张嘴说些什么，温纯如却猛地将暮瑟往自己房间里一拽，并且再度锁上了房门。

从客厅传来的光也就此被房门隔绝在外。

幽暗的房间里暮瑟看不清温纯如的表情，却也能大致猜测到，此时的她一定又哭肿了眼睛。

打了无数遍腹稿，本有千言万语要和温纯如说的暮瑟突然之间就沉默了。

她不知道自己该说什么，那些昨夜在脑子里组织了无数遍的话突然就说不出口了。

她试着发出声音来打破这沉寂，嘴唇动了又动，最终只说出一句话：“你怎么这么傻？”

温纯如却抱住暮瑟“哇”的一下哭出了声，她声音里带着浓厚的鼻音，想来是委屈得不行：“他们不相信我，非说我和宋之若早恋，可我们真的没在一起，我们一直都在解释，可没有人相信我们……”

暮瑟的心突然变得柔软起来，她在黑暗中搂住不停啜泣的温纯如，轻轻拍打着她的背。她知道，温纯如此时的情绪很不稳定，不论自己说什么她都听不进，既然如此，那就陪在她身边，静静看着她发泄。

温纯如趴在暮瑟肩上一直哭一直哭，哭到暮瑟肩颈濡湿一大片，她仍未停止啜泣："我讨厌他们，从来都不顾及我的感受，一天到晚只会拿学习考大学说事，一会儿不让我接近这个，一会儿让我远离那个，我不明白他们生了我到底是为什么！"

温纯如越哭越凶，越说越激动，说的那些话恰恰好又戳中了暮瑟的伤口，得知温纯如妈妈禁止她和自己往来的时候，暮瑟也很难受。

如她这个年纪的女孩本就敏感，她甚至和温纯如偷偷躲在厕所里抱成一团哭。

这时的她们还太小，敏感又稚嫩的身躯里容不下太多的质疑。

她甚至觉得自己和温纯如活似一对被人拆散的怨侣，明明这么喜欢对方，却不得不被迫分离。

原本都已痊愈的暮瑟再听温纯如说起这个，禁不住和温纯如一起哭出了声。

当温纯如妈妈端着早饭从厨房里走出的时候，温纯如房间里已经哭声一片。

听着自己孩子声嘶力竭的哭喊声，温纯如妈妈又岂会不难受，她难受得心都揪成了一团。

请暮瑟来给温纯如当说客，无疑是温纯如妈妈这些天来做得最对的一件事。

房间里的哭声渐渐停了，而一直紧闭房门的温纯如也终于走出了那扇门。

她穿着皱巴巴的睡裙，红着眼睛望着自己的母亲，直至这时，她才发现自己母亲的眼睛也已是通红一片。

温纯如的妈妈连忙抹去即将滚出眼眶的泪，弯起嘴角勉力一笑：“早饭做好了，你们都来吃吧。”

暮瑟就这样静默无语地在温纯如家里和她一同吃着早饭。

吃到最后，温纯如突然一言不发地望着暮瑟。

温纯如这些天大抵一直都躲房里偷偷哭，她那双又大又亮的眼睛此时肿得就像两颗桃子，突然这么望着暮瑟，暮瑟只觉又好笑又心疼，于是，便问了句：“你哭得好丑啊，还这样一直盯着我看，丑到我了可怎么办？”

温纯如笑点低，换作平常，她一定会忍不住笑起来。

而现在她却无任何反应，神色平静得可怕，于是，暮瑟心中又倏地腾起一股不太好的预感："你是不是还有什么话想跟我说啊？"

"嗯。"温纯如点点头，忽地收回目光，"我，下学期可能要转学了。"

"轰……"

如果说苏峦青的离开对暮瑟来说是一顿重击，那么现在温纯如放出的这个消息，于她而言已经不亚于晴天霹雳的存在。

她只觉大脑一片空白，半天都没能反应过来。

温纯如却垂着眼帘，将话再重复了一遍。

暮瑟都不知道自己究竟是怎么离开温纯如家的，意外一个连着一个接踵而来。

她难受到想哭都已哭不出声，她不明白离别为什么来得这么快。

接下来的那段时光里，温纯如妈妈不再禁止暮瑟和温纯如往来，两人一如从前，说说笑笑打打闹闹，偶尔也会有路上偶遇到宋之若的时候，可不论是温纯如还是宋之若，都像是从未看到对方一样，就这么旁若无人地走远了。

暮瑟不知道这是温纯如和宋之若的另一个约定，每当看到他们这样，她都没由来一阵难受。

日子就像回到了从前，可不论是谁都明白，从前已然变成再也回不去的过去。

暮瑟渐渐让自己习惯身边没有苏峦青的日子，可有些人一旦沾上了便再也戒不掉，他在的时候暮瑟并无此感觉，直至他走远了，她才明白，“苏峦青”这三个字究竟在她生命中占了多重的分量。

时光就这么一往无前地向前冲，秋去冬来，又是一年春。

只不过这年的春天没有苏峦青，而温纯如也再没回来。

暮瑟身边突然变得好空，原本拥挤到令她心生厌烦的世界突然就静了，静到连她都觉得不习惯。

余下的几个人中，除却卢紫芸、肖震鹭都与她无太多交集。

她和宋之若之间原本就只算得上是相互认识，偶尔遇到也不过就是相互点个头挥个手。

而从前那个令人如沐春风的宋之若也像是完全变了个人，沉默且寡言，甚至有着一股拒人于千里之外的冷漠。

暮瑟突然觉得人生好乏味。

她突然变得很喜欢一个人坐着发呆，一呆便是一上午。

从前上课认真听讲的她都尚且成绩不好，更遑论如今这个天天发呆的她。

可高中的课程便是这样紧张，特别是她最不擅长的数学，哪怕只是走了五分钟的神，想要再追上都很难，更何况是像她这样成天发呆。

暮瑟的成绩就此一落千丈，而她爸妈的生意却越做越大，越发没有时间来管她。

当暮瑟缓过神来，意识到自己的堕落时，已经到了几乎无法挽回的地步。她不知道自己究竟是怎么了，整夜整夜地躲在被子里哭，不停地想，这时候要是苏峦青还在该有多好，他一定会好好监督她，哪怕她成绩再烂，他也都一定有办法替她补上来。

虽然她每天都会与苏峦青聊 QQ，可那些伤心的、难过的事她从不与苏峦青说，她每天都装得很开心很快乐，一副没心没肺的样子。

其实她真的很想告诉苏峦青，她现在过得一点都不好，希望苏峦青立马就能回来陪着她。可她却连一句“我想你了”都说不出口，害怕苏峦青真的会不顾一切地跑回来看她。

暮瑟原以为这已是生活给她开的最大的玩笑，不曾想到，在那之后还有一场更大的考验等着她。

期中考试那天下了一场很大的雨，那时已快入夏，没有带伞的她独自一人站在屋檐底下。

卢紫芸有时先走了，她不过是被英语老师留在办公室逼着记了二十个单词，天就已经变了。

雨越下越大，天与地之间的界限渐渐模糊。

她站在那里等了很久，已经很久很久了，雨仍未停。

被她紧紧握在手里的手机也无任何动静，她的父母忙于做生意，一定不会记得她出门的时候是否带了伞，这时候即便给他们打电话也都不一定能走开吧？

暮瑟在心中静静地想。

这种时候要是苏峦青还在就好了，要是他还在……

这个念头才打心中冒出，暮瑟便止不住地摇了摇头，然后一头扎进了雨幕里。

在此之前，暮瑟从未想过她的身体这么不堪一击，不过是淋了一场雨便开始生病。

起先她不过是有点点咳嗽，压根没往别处想，随便吃了点感冒药，谁知咳了整整一个半月，到了期末的时候，她咳得连话都已说不出，而这时候一直忙于生意的暮父暮母也终于发现了暮瑟的异常之处。

可这时候发现已经太晚，暮瑟已经出现咳血的症状，经常一咳便觉喉头一甜，吐出一口掺杂着血丝的浓痰。

这场病来势汹汹，恰好卡在学业水平测试前。

在此之前，暮瑟从不知何为病来如山倒，这一下她算是彻底明白了。

她整天整天地咳嗽，根本无力再去学习，只能暂请假住院去治疗。

有些事说来也巧，暮瑟所在的省份恰好在她这一届恰好刚刚推行学业水平测试，不参加便无缘高考，而她却偏偏在这时候病倒。

从前总念叨着读书有什么用的她第一次因为不能上学而哭。她本来就咳嗽咳得厉害，再没日没夜地哭，便咳得更厉害了。

医院里消毒水的味道浓得呛人，她两眼呆滞地望着天花板发呆。

这些天苏峦青发来了很多条消息她都未回复，电话她也不曾去接，她怕她一开口说话，便忍不住会哭出声。

暮瑟的电话打不通，苏峦青便打给暮母，打给肖震鹭，暮瑟生病的消息又怎么瞒得住。

暮瑟不知道的是，在她完全不知道的情况下，苏峦青已经连夜从英国赶了回来。

近十八个小时的长途飞行使苏峦青疲惫不堪，他甚至连一件衣服都没带，就这样不管不顾地飞了回来。

苏峦青抵达医院的时候，暮瑟正躺在床上输液。

她嘴唇很白，脸色微微泛着黄，不复往日的白皙，显然一副病容。

全然不曾料到苏峦青会突然飞回来的暮瑟惊得瞪大了眼睛，而苏峦青却只是满脸疲惫地朝她笑笑。

他说："我听说某人在医院里没日没夜地哭，生怕自己再也没书读。"

暮瑟眼中带着一丝羞赧："呸，你这都是听谁瞎说的呀，根本就没有的事。"

苏峦青也不与她多说，指了指她哭成烂核桃的眼睛。

暮瑟连忙低头挡住自己眼睛。

苏峦青又是一声轻笑，声音里无限宠溺：“你果然还这么不让人省心。”

暮瑟也不甘示弱：“你果然还这么爱操心。”

说完，两人便默契地相视一笑，明明苏峦青离开也不算太久，却总有一种他们已分开三四年的错觉。

苏峦青的到来使得暮瑟的心情平复很多，他总有办法逗暮瑟笑。

苏峦青明明困极了，仍守在暮瑟窗前和她聊了大半宿的天，大抵真是困到了极致，聊着聊着他便趴在暮瑟床头睡着了。

病房里的灯已经被人关上了，窗外微风轻扫树影斑驳，屋内一片沉寂，静到能清楚地听到苏峦青的呼吸声。

暮瑟神色复杂地望着披上一层夜色的苏峦青。

此时此刻的她仍不懂苏峦青究竟为何能替自己做到这样，她只知道，自己对苏峦青的感情里似乎开始掺杂了些别的东西。

这样的感觉让她感到很陌生，她又惊奇又有些抗拒。

苏峦青睡得很深，因趴着的原因，呼吸声略有些重。

暮瑟纠结了很久，才决定将他拍醒，这样一直趴着睡，别说会容易着凉，一觉醒来，他的手肯定得麻到发酸。

苏峦青这次可谓是来也匆匆去也匆匆，不过待了两天，他便又去了英国。

这么一番折腾倒让暮瑟明白了一个道理，她也真该长大了，再这样任性下去只会加重他人的负担。

只是她依旧不知道该如何面对这样的人生。

从前正常上课有书读的时候她全然不曾去珍惜，到了现在，彻底失去一次机会方才开始懊恼。

暮瑟的病情渐渐稳定，身体也有所好转。

她既已错过了学业水平测试，便只能选择在明年的这个时间补考，可是她现在的状态根本无法再去上学，她别无他法，只能选择休学半年。

如此一来，本就学渣的她又如何直接参加明年的补考。

她爸妈的意思是让她暂时在家养一年的病，到了来年再重读一年高二。

暮瑟心事重重，根本听不进爸妈的话，一回家便将自己锁在了房间里，就像那时的温纯如一样。

不知道从什么时候开始，她变得越来越不愿意出门，越来越害怕和恐惧与外面的世界接触，她主动隔绝了与外界的一切交流，卢紫芸、肖震鹭等人也曾结伴而来看过她多次。

可不论是哪一次，暮瑟都未表现出不寻常的地方来。

进入高三以后，不仅仅是卢紫芸和肖震鹭，连一直用QQ和她进行交谈的苏峦青和温纯如都突然变得很忙，总是要隔很久才会回复她的消息。

她的世界仿佛就此余下了她一人。

一个人在家的时候暮瑟总是成天成天地躺在床上发呆，既不吃饭也不喝水，就像突然变成了植物人一样瘫在床上。

她不想再去复读一遍，可如她这么大的女孩子若不读书又还能做什么？

给人端盘子？给人洗碗？

讽刺的是，从前有书读的时候总觉读书无用，即便有幸考上大学，将来也不一定能找到好的工作，事已至此，她才发觉读书大抵是她唯一的出路，哪怕她成绩很烂，哪怕读的是个完全不入流的三本学院。

她的发呆不仅仅是完全放空自己，偶尔也会替迷茫的自己考虑未来。

她不知道这样一无是处的自己究竟还能做什么，连能拿得出手的东西都没有。

往后的日子里，她花了很长的时间用来思考自己究竟能干什么。

不知道是谁说的，人活着总需要有点盼头。

而今暮瑟的盼头便是寻找自己能做且想做的事。有了这个想法以后，她终于不再继续像个残疾一样整天瘫在床上，她开始用才换不久的智能机上网搜索起2012年最具潜力的行业，并且将那些一一记在笔记本上，不停地思考，不停地筛选，考虑这样的自己究竟能不能去做。

闲暇的时候她也会写些稿子，听从苏峦青的建议，将自己的文章投在网络上。

她尝试着走出阴影，学会避开那些大人探究的眼神，学会一个人生活，甚至开始学习骑苏峦青送给她的那辆粉色小单车。

人总是被逼迫着去成长，每一次都注定要失去很多东西以换取成长。

这个过程很痛，需要克服的不仅仅是恐惧。

一开始的时候，暮瑟一个人走在街上总觉得每个大人看她的眼神都带着异样，她觉得自己就像个没读书在外面乱混的小太妹一样，逢人便会解释一通，以告诉他人，她这个年纪没在念书是有理由的。

暮瑟越是这样做，反倒越说明她的不自信。

她也曾和苏峦青聊起这件事，苏峦青只在电话那头轻声地笑，说她傻。

可不是嘛，她就是傻，傻到被这无聊的自尊心所支配。

有些人面对打击会颓废会堕落会一蹶不振，而另一些人则会越挫越勇，迎难而上。

暮瑟原本属于前者，幸运的是，她身边有个苏峦青，总能在她要放弃自己的时候拉她一把。

时间一天又一天地流逝着。

不知道从什么时候开始，暮瑟已经适应了这种生活，她不再觉得那些大人看她的眼神里蕴藏着别的东西，她能一个人出门看电影，一个人出门逛超市，甚至在某个无聊的下午自己一个人学会了骑单车。

她知道，从前的自己就是个被宠坏的小女孩，什么事都只想着去依赖苏峦青。

学会骑单车的那一天，她觉得自己瞬间长大了。

她不再迷茫，终于认准了自己的方向。

那些焦躁和不安也都随着目标的出现而渐渐消散。

她终于也有了一个梦想，和自己喜欢的人有了一场约定。

她知道，到了那个时候，不论是她还是苏峦青，都将会成为更好的自己。

番外一

给我一个吻 ▼

暮瑟今晚又熬了个通宵，刚合上电脑准备躺床上睡，电话铃声却突然响了起来。

这通电话是温纯如打来的，电话里她的声音依旧柔柔细细，一如十年前那般。

她说：“瑟瑟，我昨晚失眠了，咱们真的好多年没见了呀，我好紧张又好兴奋……”

纵然是隔着电话，暮瑟都能联想出她此时此刻的表情。

可通宵赶了一整夜稿的暮瑟着实没力气再陪温纯如在电话里叙旧，她只气若游丝地回了句：“别紧张，别紧张，我昨晚一夜没睡，现在困得眼皮都睁不开，等我睡一觉，收拾收拾就能出门了，咱俩可得背着他们提前先见一面。”

挂断电话后，暮瑟当真倒头就睡着了，本以为能一路畅通睡到下午一两点，却又被电话铃声吵醒。

这回电话那头传来的是苏峦青的声音。

他的声音里明显带着些许小情绪：“你怎么睡得跟猪似的？怎么敲门都吵不醒你，嗯？”

睡得云里雾里的暮瑟只得撇撇嘴，心不甘情不愿地从床上爬起，去给苏峦青开门。

那钢铁一般紧闭的门豁然被打开，苏峦青一下便瞧见了穿着白色纯棉睡裙，顶着两个硕大眼圈的暮瑟。

他下意识地皱起眉：“你又熬夜赶稿了？”

考验演技的时候到了，暮瑟摇头似拨浪鼓，还满脸无辜：“没有啊。”

苏峦青一脸无奈，伸手指向她的眼睛：“那你这国宝似的眼圈又是怎么一回事？”

“啊……你说黑眼圈啊？我一直都有的呀，你怎么就给忘了呢？”

论耍无赖，暮瑟几乎就是独孤求败一般的存在，苏峦青才不准备和她一直就此说下去，大步踏进玄关，一关门，立马就翻开备忘录，开始神经质地念叨着什么：

“× 年 × 月，某某人通宵熬夜，猝死，× × 网报道……”

“× 年 × 月，某人劳累过度，猝，× × 网报道……”

……

暮瑟也不知道苏峦青什么时候变成了这副德行，被念得头皮发麻的她赶紧打断苏峦青：“停！停！停！不用念了，你不用念了，我要回房换衣服，你给我站这里好好待着。”

暮瑟说完便往卧室里蹿，而苏峦青却像影子似的紧随她身后，等暮瑟一转身，准备关门才发觉苏峦青也跟着一同走了进来。

她一脸无语的表情，挥着手臂，赶鸭子似的将苏峦青往客厅赶。

可她才多大一只，纵然像只小老虎似的张牙舞爪也都赶不走比她高出一个半头的苏峦青呀。

选择认命的暮瑟一咬牙，狠狠地瞪着苏峦青：“听不懂人话啊你！”

苏峦青还真配合了起来，一脸迷茫地掏了掏耳朵，再东看看西看看，左顾右盼，总之就是不肯离开房间。

苏峦青死赖在这里不肯走，暮瑟可真有些急，连忙伸手去推他，可她那双手才触碰到苏峦青的胸口，整个人便一把被苏峦青捞入怀里。她奋力挣扎了一番，苏峦青却越抱越紧，头顶传来了他闷闷的声音："我们都快一个月没见面了，你却连一个拥抱都不给我，过分！"

暮瑟只觉好笑，她从未想过，苏峦青这般缠着她跟她闹，仅仅是为了一个拥抱。

她的心突然变得柔软又潮湿，她踮起脚搂住苏峦青的脖子，在他颈窝蹭了蹭："我们都一个月没见了，你就只想要个拥抱吗？至少也得索个吻才不枉此行嘛。喂！唔……"

余下的话尚未说出口，便尽数被苏峦青吞咽进喉咙里。

也是，做人还是要贪心点才好。

番外二

赴十年之约

暮瑟收拾好自己已是下午两点，与温纯如约好的“偷偷提前见面”也因苏峦青的提前回家而破灭，可怜的温纯如还被蒙在鼓里。

她美滋滋地坐在咖啡厅里等着暮瑟，不停地纠结着待会儿该和暮瑟去哪儿逛街。眼看距离约定好的时间越来越近，温纯如嘴角的弧度越扬越大，已经不再纠结去哪儿玩的她又开始纠结起自己今天穿的衣服是否得体好看，毕竟今天可不仅仅是要见暮瑟，还要见大伙，要见那个人……

温纯如越想越多，越想越觉得今天出门不该穿得这么敷衍。

就在她纠结之际，她头顶的光突然被人给遮挡住，原本明亮的咖啡厅突然暗了暗。

她记得，她现在所坐的位置正上方有一盏吊灯，可那盏吊灯挂得极高，没有一定的高度不可能达到仿佛整个咖啡厅都暗下来的效果。

温纯如下意识地抬起了头，这一眼，便见到苏峦青一脸冷峻地低头望着她。

即便时隔多年，如今温纯如有了自己的成长和变化，可那些年的习惯却早已深入骨髓，她仍是一见他便忍不住打冷战，并且下意识地去找暮瑟请求支援。

这次她的身边没有暮瑟，苏峦青的身边也没有。

她呆呆地盯着苏峦青望了两秒，才挤出一个生硬的笑容："嘿，好久不见。"说完她又忍不住张望一番，"瑟瑟呢？她在哪儿？"

苏峦青脸上依旧没有多余的表情，他拿下被暮瑟挂在自己脖子上的包放在原木餐桌上，一言不发地坐在了椅子上："去洗手间了。"

"哦……"纵然是多年不见的老友，一个"屎"字生生克制住了温纯如对老友的热情。

两个近十年不见的老熟人就这般默默无言地坐着，直到暮瑟的到来，气氛才有所改变。

两个多年不见的女生热火朝天地聊了起来，苏峦青形如透明地被晾在了一边，时不时弯起的嘴角，在告诉所有人，他现在的心情很好。

时间一点一点地流淌，很快便到了大伙一起约定的时间。

奇怪的是，到得最早的竟是一个大家都没见过的卷发女孩。

打开包厢门的一瞬间，暮瑟和那女孩都明显愣了愣，随即便传来肖震鹭的大嗓门：“哈，你们也来得挺早的嘛！”说完他便搂住了那个女孩。

女孩的身份不言而喻。

早在大伙决定一聚的时候就已经说明，要带着另一半过来。

令所有人都没想到的是，郭嘉豪竟与卢紫芸在一起了，这些年大伙虽未再见过面，却也一直有着联系，这突如其来的消息惊得所有人嘴都合不拢了。

原本都在调侃暮瑟这些年终于开窍跟苏峦青好上的大伙全部转移火力，纷纷八卦地质问郭嘉豪究竟是怎么搞定了卢紫芸。

原本还幸灾乐祸眉飞色舞的郭嘉豪顿时就蔫了，板着身子，正襟危坐在椅子上，半天憋不出一个字。

倒是卢紫芸“风采依旧”毫不保留地说：“他本来就喜欢我，我随便勾引了下，不就上钩了。”

一听到“勾引”两个字，暮瑟两只眼睛简直亮如一千瓦的大灯泡，一脸激动地盯着卢紫芸：“求过程！求过程！”

“很狗血啊，就是他喜欢我又打死不说，我就把他喊回家灌醉，然后就成了呗。”

“呃……”暮瑟虽然没说出口，心里却默默在想，不愧是卢紫芸，办事就是生猛。

听完郭嘉豪和卢紫芸的八卦，肖震鹭也忍不住开始吹牛，一口咬定那长得嫩嫩的小女孩是倒追自己的。

所有人都一副“信你有鬼”的表情，不停逼问他这么个糙汉究竟是怎么拐到一个乖萌小萝莉。最后还是那女孩开口替肖震鹭解了围，细声细气地说：“真是我先喜欢他的。”

众人更觉唏嘘，感叹长得这么可爱一女孩可惜眼神有些不好使。

这一次，几乎每个人都带来了自己的另一半，唯独温纯如和宋之若依旧是单身，本该一起调侃他们的大伙都心照不宣地转移了话题。

郭嘉豪不负众望地成了一名出色的程序员，而卢紫芸与他同一公司，做游戏原画，两人算是办公室恋情。

苏峦青在今天开始着力接手自家公司，郭嘉豪的父亲是政府公务员，郭嘉豪走的也是这条路，温纯如则成为一名教师，肖震鹭成为一名普通的职工。

每个人所走的路不尽相同。

至于他们当年一同创建的世界，时隔十年，除却暮瑟，已无人再想拾起。

可是，这又有什么关系？

包厢里一片欢声笑语，闹的闹吵的吵，谁都不曾发觉，宋之若的手不知何时已经悄悄与温纯如牵在了一起。

所幸，他们的故事，是个大团圆结局。

九月爆笑上市

《你不说话也很甜》

森木岛屿／著

冤家相聚／爆笑恋爱／全程高甜

【内容介绍】

辜娓碍于公司利益，
要去跟传说中那个拽天拽地黑白通吃的冷血大腕——相亲了。
结果进门就看到露着文身姿势无比浮夸的俞郅琰
——左青龙右白虎中间夹个米老鼠。
这人……怕是脑子有病？
喂，大哥，你的文身掉了。

浮夸自恋的戏精总裁 VS 杀伤力满分少女之土味日常

俞郅琰："小尾巴，
你这么喜欢鱼啊，'鱼'同'俞'，
你这种暗恋方式真有个性，我……"
"咚"！利落起刀，鱼头被砍下。
俞郅琰："……"
什么仇什么怨？

辜娓：
"我上次跟你说的话你还记得吧？"
俞郅琰："知道知道！"
辜娓："对我来说，婚姻就是生意……"
俞郅琰："你做你的生意，
我追我的姑娘。"

俞郅琰：
"给老子站住！有本事你给我出了这个门，
以后就别让我看见你，不然……"
辜娓："不然你怎么样？"
俞郅琰："不然我……"
"见你一次喜欢你一次。"

封面以实物为准

英明一世
怼天怼地的霸气琰哥
走上了二十四孝男友兼任男保姆的不归路……

辜娓，你尽管拒绝我，反正我还有一百种方法把你追到手！

图书在版编目（CIP）数据

奔向他的甜蜜心事 / 九歌著. -- 南昌 : 百花洲文艺出版社, 2018.8
ISBN 978-7-5500-2930-9

Ⅰ. ①奔… Ⅱ. ①九… Ⅲ. ①长篇小说 - 中国 - 当代
Ⅳ. ①I247.5

中国版本图书馆CIP数据核字(2018)第150900号

奔向他的甜蜜心事
九歌 著

出版人	姚雪雪
责任编辑	王俊琴　辛蔚萍
特约编辑	雪　人　娄　薇
装帧设计	刘　艳　孙欣瑞
封面绘制	扎小扎
出版者	百花洲文艺出版社
社　址	江西省南昌市红谷滩世贸路898号博能中心A座20楼　邮编：330038
电　话	0791-86895108（发行热线）　0791-86894790（编辑热线）
网　址	http://www.bhzwy.com
E-mail	bhzwy0791@163.com
经　销	全国新华书店
印　刷	湖南凌宇纸品有限公司
开　本	880mm×1230mm　1/32
印　张	9.125
字　数	145千字
版　次	2018年8月第1版
印　次	2018年8月第1次印刷
书　号	ISBN 978-7-5500-2930-9
定　价	35.80元

赣版权登字：05-2018-312